정범기

추락사건

정범기
추락사건

정은숙 소설집

창비

차 례

좀도둑과 목격자

가르랑거리는 고양이 소리가 소름 끼치는 밤이었다. 23시 45분. 전자시계의 희미한 빛으로 시간을 확인했다. 예상 시간을 대략 삼십 분 잡았지만 빨리 끝낼수록 좋다. 서둘러 발길을 옮기는데 왼쪽 발 옆으로 검은 그림자 하나가 휙 지나갔다.

흡! 하마터면 너무 놀라 소릴 지를 뻔했다. 까만색 고양이였다. 고양이는 골목길을 가로지르더니 어느 집 대문 밖에 내놓인 쓰레기봉투를 파헤쳤다. 쫓아낼 맘으로 발을 툭 굴렀더니 꼬리를 바짝 치켜든 채 앙칼지게 울어 댔다.

"도둑고양이 주제에 성깔하고는!"

혼잣말을 하다가 피식 웃음이 나왔다. 같은 처지에 무슨 할 말이 있을까 싶었다. 지금 나도 도둑질을 하러 가고 있다. 하지만 도둑질이란 말은 너무 천박해 보인다. 번거로워도 조금 길게 풀어 말하자면 '우정에 따른 친구의 필요 없는 재산 나누기' 정도랄까?

앞에 보이는 덩치 큰 빌라가 바로 승효네 집이다. 그리고 그 집은 텅텅 비었으니 나 같은 '꾼'에게는 상당히 매력적인 장소다. 승효 부모님이 미국으로 가신 건 나흘 전이었다. 작은 사업체를 운영하는 아버지의 출장 겸 결혼해서 미국에 살고 있는 승효 누나도 만나기 위한 출국 길이었다. 물론 고등학생이 학기 중에 미국에 갈 리는 없으니 승효는 집에 남았다. 하지만 집에 혼자 있어 뭐하냐며 시험공부나 같이 하자는 내 꼬드김에 넘어가 4차선 도로 건너 우리 집에서 세상모른 채 곯아떨어졌다. 겨우 포도주 한 잔에 그렇게 뻗는 걸 보면 확실히 약골이다.

텅 빈 집에서 내가 가지고 나올 물건은 10만 원 상당의 기프트카드 두 장이다. 겨우 20만 원! 그 돈은 도둑질이라고 말하기엔 부끄러울 만큼 적은 금액이고 넉넉한 형편의 승효에겐 기억 못 할 만큼 하찮은 액수다. 그러니 결코 죄책감에 시달릴 일은 아니라고 생각한다. 물론 당당하게 자랑할 일은 아니란 것도 잘 알고 있다. 그러니 이렇게 컴컴한 밤, 아버지의 낡은 점퍼에 모자를 깊이 눌러쓰고 나온 거다.

드디어 승효네 집 앞. 간접 조명을 받은 '리버힐' 글자가 은은하게 빛났다. 승효네 집은 한강변에 있는 고급 빌라다. 승효를 늦둥이로 본 나이 많은 부모님이 아파트의 빈집함이 싫어 선택한 집이란다. 집 안까지 들어가려면 세 개의 문을 통과해야 한다. 첫 번째 문은 1층 주차장과 마당으로 들어가는 철대문이다. 철대문은 주민들이 수시로 오갈 수 있게 항상 열려 있었다. 보안 카드를 대거나 비밀번호를 누르게 설계되어 있지만 이 년째 드나들도록 잠겨 있는 걸 보지 못했다. 철대문이 내는 소리가 요란하겠지만 방음이 잘된 덕에 아무도 신경 쓰지 않을 거다. 23시 48분. 다시 시간을 확인하고 심호흡을 했다. 작전 개시다!

"허튼수작하지 마. 내가 그 속셈을 모를 줄 알고, 흥!"

그런데 이 거슬리는 목소리는 뭘까? 뒤돌아보니 같은 학교 교복을 입은 여자애가 내 앞으로 걸어오고 있었다. 이 시간에 누구지? 고개를 푹 숙인 채 걷고 있어 얼굴을 확인할 길이 없었다. 나는 모자를 더 깊이 눌러썼다. 등줄기로 굵은 땀방울이 흘러내렸다.

"다들 잘났어. 재수 없다구!"

비척거리는 걸음을 보니 한잔 걸친 폼이다. 술기운 탓인지 혼잣말인데도 꽤 거칠었다. 나는 철대문을 열고 들어가 문틈으로 밖을 훔쳐봤다. 이리저리 비틀거리던 여자애가 철대문 앞을 지나며 고개를 들었다. 동그란 얼굴에 오뚝한 콧날이 눈에 들어왔다.

'민지영이잖아!'

순간 '역시!'란 생각이 들었다. 교복에 하이힐을 신은 것도 민지영다웠다. 같은 반을 한 적은 없지만 워낙 얼굴이 알려진 아이였다. 영원 고등학교 남자애들 중 민지영 허벅지에 있는 검은 화살 문신을 못 봤으면 등신이라는 저렴한 가십부터 휴대폰 문자까지 검사하려는 담임에게 인권 운운하며 논리적으로 대들었다는 믿을 수 없는 얘기까지, 민지영을 둘러싼 소문은 극과 극이었다.

다행히 민지영은 나를 못 보고 지나갔다. 그사이 시간은 또 흘러 50분이 되었다. 이제부터가 진짜 중요하다. 깊은숨을 들이마시자 묵직한 기운이 차올랐다.

승효네 빌라는 열여덟 세대밖에 안 살지만 큰 평수로 이루어져 있어 단독 건물치고는 상당한 규모였는데, 비밀번호를 누르는 1층 출입문 앞을 빼고는 CCTV가 없었다. 각 층마다 세 가구씩 7층까지 있는데 1층은 주민들이 이용할 수 있는 스포츠 시설과 대화를 나눌 수 있는 휴식 공간으로 이루어져 있었다. 건물의 출입구는 1호 라인 입구와 2, 3호 라인이 같이 쓰는 입구 두 개였다. 1호 라인 건물 1층에는 휴식 공간이, 2, 3호 라인 1층에는 당구대를 비롯한 운동 기구가 들어찬 스포츠 시설이 있는데 주민들이 서로 오가며 1층 공간을 이용해야 했으므로 두 출입구의 비밀번호가 같았다.

승효네 집은 401호다. 하지만 1호 라인 문으로 들어가는 건 찜찜했다. 설마 20만 원 때문에 CCTV를 확인하는 법석을 떨지는 않겠지만 어쨌든 안전이 최고였다. 그래서 2, 3호 라인 출입구로 들어갔다. 오래 드나들어 비밀번호 정도야 머릿속에 저장되어 있었다. 엘리베이터를 타고 7층을 눌렀다. 7층에서 내려 계단을 이용해 옥상으로 올라간 다음 1호 라인으로 내려갈 계획이었다. 주민들이 외우기 쉽게 하느라 옥상 출입구 비밀번호도 1층 출입구와 같다며 승효가 킬킬거렸던 기억이 있었다.

옥상에서 맞는 10월의 강바람은 거칠었다. 온몸을 관통하려는 듯 바람이 정면으로 달려들었다. 하지만 아련히 반짝이는 강 건너 불빛 때문에 춥다는 생각은 들지 않았다. 한강 조망이 이 빌라 최고의 자랑이었다. 마냥 바라보고만 있어도 좋은 그림이었지만 지금은 그런 것에 마음 쓸 여유가 없었다. 1호 라인 옥상문을 통해 4층으로 내려가 승효 집 앞에 섰다. 1층 출입구 비밀번호는 승효가 직접 알려 주었지만 현관문의 비밀번호는 누를 때마다 곁눈질로 알아낸 거였다.

'*2936*'

차르륵! 문이 열렸다. 베란다를 터서 확장한 넓은 거실에 달빛이 그득했다. 언제 봐도 멋진 공간이다. 뻔질나게 드나들었지만 아무도 없는 곳에 발을 들여놓으려니 긴장이 됐다. 하지만 불을 켜지 않아도 어디에 뭐가 있는지 훤히 알 정도로 익숙한 곳이다. 발소리를 죽이며 승효 방으로 갔다. 책상의 원목 상판을 받치고 있는 3단 서랍장의 첫 번째 서랍을 열었다. 굴러다니는 필기구와 잡동사니를 담아 놓는 정리함이 보였다. 정리함을 뒤로 밀치자 아래쪽으로 얇전히 정리된 문화 상품권과 곱게 접힌 만 원짜리 몇 장이 보였다. 더 안쪽으로 손을 넣자 딱딱한 플라스틱의 감촉이 느껴졌다. 기프트 카드였다.

뭐야? 이렇게 쉽게 찾을 줄 알았다면 이런 모험까지 하진 않았을 텐데……. 가벼운 후회가 밀려왔다. 지난번 엠피스리는 승효가 화장실 간 사이 침대 머리맡에 있던 걸 가져왔었다. 이번에도 그럴까 했는데 아무래도 서랍을 뒤지려면 시간이 걸릴 것 같아 집이 비는 틈을 이용한 것이다. 결과적으로 그럴 필요도 없었지만 말이다.

카드는 모두 네 장이었다. 작년인가 아버지에게 선물 받았다고 들었는데 그사이 한 장도 쓰지 않았나 보다.

'부모가 다 해 주니 따로 돈 쓸 일도 없을 테지.'

카드를 네 장 다 가져갈까, 계획대로 두 장만 챙길까 아주 잠깐 고민했다. 결론은 역시 안전.

기프트 카드를 주머니에 넣으며 책상 앞에 붙은 K2 산봉우리 사진을 봤다. 언젠가 꼭 한번 가 보겠다는 게 녀석의 꿈이었다. 승효는 눈 덮인 산이 부르는 것 같다며 사진을 볼 때마다 눈을 가늘게 떴다. "꿈은 이루어진다."는 사기성 짙은 문구도 믿어 의심치 않는 순진한 녀석. 그래서일까? 자기 물건 몇 개가 슬그머니 없어졌어도 나에게 의심의 눈길조차 주지 않았다. 한마디로 지나치게 착한 녀석이라 가끔씩은 이런 내 행동이 미안해지기도 했다.

'아마도 녀석은 이 카드가 있었는지도 모를걸. 혹시 생각이 나

도 몇 번 찾다가 금세 잊어버릴 텐데, 뭐.'

지난번 엠피스리도 잠깐 찾는 시늉만 하더니 신형 모델로 바꿔 버렸다. 순진한 건지, 모자란 건지 헷갈릴 정도로 단순한 사고방식을 가진 녀석이라 걱정할 일은 없었다. 23시 58분. 생각보단 일이 빨리 끝났다. 서둘러서 나쁠 건 없겠지만, 달빛이 가득한 창가에서 한강을 바라보고 싶었다. 거실로 나가 창문 앞에 섰다. 강물이 반짝거리며 교교히 흘렀다. 답답한 일이 있을 때에도 강을 바라보면 어차피 흘러갈 일이란 생각이 들어 마음이 편해졌다. 아버지의 사업 실패 후 부쩍 싸움이 잦아진 부모님도, 집 나간 형도, 이렇게 좀도둑처럼 친구의 물건을 훔치는 내게도 좋은 날이 찾아올 거라 믿고 싶었다.

이제 돌아가자. 마냥 감상에 젖을 때가 아니었다. 돌아서려는데 시야로 어떤 움직임이 들어왔다. 거실 창문에서 먼 곳으로 눈길을 돌리면 한강과 강변북로가 보이고, 바로 아래로 눈을 내리면 어린이 놀이터가 보였다. 건물 뒤편 놀이터 입구에 놓인 벤치. 그곳에 민지영이 있었다. 그런데 혼자가 아니었다. 어떤 놈팡이랑 찐하게 키스를 하고 있었다.

소문 속의 민지영다운 행동이었다.

"싼 티 나게도 논다."

혼잣말은 했지만 볼만한 구경거리였다. 저 자식은 누구야, 하는 호기심이 발길을 붙들었다. 남자는 한 손으로 민지영의 머리통을 움켜쥐고 또 한 손으로는 민지영의 치마 속을 헤집고 있었다.

'오, 완전 19금인데!'

집중하기 위해 거실 유리창에 얼굴을 바싹 붙이고 자세히 보려는데 아무래도 이상했다. 민지영의 손은 끊임없이 남자의 어깨를 내리누르는 듯하고 발은 사방으로 버둥거렸다. 저 시추에이션은 뭐야?

'혹시 성폭행?'

소름이 쫙 끼쳤다. 놀 만큼 놀았다고 소문이 난 계집애지만 그래도 저건 아니었다. 게다가 술까지 마셨으면 제대로 반항할 수조차 없을 터였다. 119, 아니 112에 연락해야겠다. 전화기를 들다가 화들짝 놀랐다. 미쳤지, 여기가 어디라고. 이럴 줄 알았으면 휴대폰이라도 갖고 나올걸. 어쩌지, 내려가서 도와줘야 하나?

발만 동동거리고 있을 때 민지영이 남자에게 일격을 가했다. 신발을 벗더니 모자 쓴 남자의 머리통을 내리찍은 것이다. 그래도 남자의 입술은 민지영에게서 떨어지지 않았다. 민지영은 구두의 뾰족한 굽으로 머리통과 등짝을 사정없이 내리쳤다.

제법 아플 텐데……. 역시 하이힐의 승리였다. 그러나 입술을 뗀 남자가 느닷없이 민지영의 뺨을 갈겼다. 얼굴이 돌아갈 정도로 대단한 완력이었다. 다시 남자를 바라보는 민지영 입술에서 피가 흘렀다.

'바보야, 너도 한 대 갈겨!'

어느새 나는 민지영을 응원하고 있었다. 남자는 분이 덜 풀렸는지 이번엔 민지영의 얼굴에 주먹을 날렸다. 다행히 볼을 스치며 빗나갔지만 민지영은 그 힘에 놀라 뒤로 두어 걸음 주춤거렸다. 보는 내가 눈을 찡그릴 정도였으니 모르긴 몰라도 광대뼈 주변부터 퍼렇게 멍이 올라올 거다. 민지영은 나머지 구두도 벗어 양손에 한 짝씩 들고 남자에게 덤볐다. 그러자 남자는 슬금슬금 뒷걸음질 쳤다. 그래도 아직 미련이 남았는지 도망갈 생각은 없는 듯했다.

"삐릿삐릿."

손목시계의 알람이 울렸다. 12시 10분이었다. 혹시라도 시간을 넘길까 봐 십 분 남긴 시각에 알람을 맞춰 놨다. 집까지는 여기서 오 분도 안 걸리니 충분하다.

나는 승효 집을 나가서 옥상으로 갔다. 2, 3호 라인 출입구로 내려가려다 아래를 봤다. 민지영이 하이힐을 냅다 던졌고 남자는 돌아서서 뛰어가느라 바빴다.

"야 이 개새끼야, 거기 안 서!"

민지영이 울부짖었다. 하지만 더는 잡으려 하지 않았다.

변태 새끼! 도대체 어디로 튀는 거야? 옥상에 있으니 도망가는 남자의 뒷모습이 눈에 들어왔다. 트레이닝 복을 입은 남자의 움직임이 민첩해 보였다.

아이쿠, 도주로를 잘못 잡았군. 저긴 목재상이 있어 막다른 길인데……. 뭐야, 목재 더미 뒷벽의 개구멍도 알고 있다는 거잖아? 아니나 다를까 남자가 개구멍으로 들어가느라 모자를 벗었다. 가운데 머리가 비어 있었다. 나이가 몇이나 됐을까? 머리가 벗어졌으니 마흔은 넘으려나?

남자는 목재 더미 뒤편으로 사라졌다. 남자가 사라진 뒤에도 민지영은 발을 동동 구르며 소릴 질렀다.

"왜 나한테만 지랄들이야? 다 죽여 버릴 거야."

그 변태만의 문제가 아닌 것 같았다.

"너부터 죽고 싶어? 지금이 몇 신데 소릴 지르고 난리야?"

어느 집 창문 열리는 소리가 나더니 굵은 목소리의 남자가 욕지거리를 쏟아 냈다. 민지영은 떨어져 있던 구두를 집어 발에 꿰신더니 남자가 도망간 반대 방향으로 걸어갔다. 그사이 술이 깼는지 비척거리진 않았지만 어깨가 축 처져 있었다.

'민지영, 네 문제는 뭐니?'

민지영 그 계집애 때문에 생각보다 늦어 버렸다. 살그머니 방문을 열었더니 다행히 승효는 상에 엎드려 자고 있었다. 기프트 카드를 국어 참고서 사이에 감춘 뒤 윗옷을 걸기 위해 옷걸이를 꺼내다가 그만 손에서 놓쳤다.

툭! 큰 소리는 아니었지만 그 소리에 승효가 부스스 눈을 떴다.

"뭐야? 나 재워 놓고 이제까지 혼자 공부한 거야?"

옷은 대충 던지고 승효 건너편에 앉아서 종잇조각을 건넸다. 승효는 다 뜨지 못한 눈으로 글씨를 읽었다.

'몇 잔 마셨다고 확 오르네. 잠깐 바람 쐬고 올게. 깼으면 먼저 공부하고 있어.'

혹시 몰라 써 놓고 간 메모였다.

"지금 몇 시야? 아버지 들어오셨니?"

"아직 1시도 안 됐어. 야식집 하면서 지금 들어오면 그 가게 폐업 직전이야. 일찍 오셔도 4시는 넘을걸."

"진짜 힘드시겠다."

승효는 졸음을 내쫓으려는 듯 옆에 놓인 2리터짜리 생수를 페트병째 들이켰다.

"먹고살려니 어쩔 수 없지 뭐."

"말하는 거 보면 영감이라니까."

'최옹'이라 놀리는 친구들도 있으니 그리 틀린 말은 아니지만 어째 좋은 기분은 아니다.

"그래, 열공하는 학생한테 술까지 먹이는 못된 영감이다, 어쩔래?"

내가 턱을 치켜들며 따지자 승효는 항복의 표시로 두 손을 들었다.

"영감 취소. 집에 와서 같이 공부하자고 꼬시더니 그럴 만했어. 숨겨 둔 포도주도 땡큐였고. 내가 너 아니면 언제 이런 걸 맛보겠냐?"

승효는 포도주 한 잔에 제대로 감동받았는지 입이 귀에 걸릴 듯 웃어 댔다. 승효 부모님이 아시면 난리 날 일이지만 승효에게도 가끔씩 일탈이 필요할 거다. 주위의 과도한 걱정 속에 사는 것도 피곤한 일이니까.

"자, 알코올도 들어갔으니 머리가 더 팽팽 돌겠지? 열공하자!"

승효 말이 맞다. 중간고사가 얼마 안 남았으니 죽어라 해야 한다.

"도대체 방정식은 누가 만들었을까? 어떤 인간인지는 몰라도 암튼 만나면 죽여 버릴 거야."

내 골치의 원인이자 전국 대다수 고등학생들에게 우울증과 열등감을 안겨 주는 과목, 수학! 방정식 문제를 풀려니 머리가 지끈거렸다.

"너무 쉽게 죽이면 재미없지. 그게 복수냐? 죽을 때까지 고3 생활만 하라 해 봐. 차라리 죽여 달라고 사정을 할걸."

승효 말에 그보다 더한 복수가 없다 싶어 낄낄거렸다.

새벽까지 공부한 티를 내느라 살짝 지각한 나와 승효는 교문에서 학생 주임에게 걸렸다. 알람을 누르고 오 분 더 잔 것이 화근이었다.

"잘들 한다. 시험이 코앞인데 정신 상태가 이래서 뭘 하겠다는 거야?"

학생 주임은 교문 앞에 줄줄이 늘어선 학생들의 머리를 플라스틱 재질의 실로폰 채로 딱딱 때렸다. 이 엽기적인 상황이 손목의 스냅을 이용해 스타카토 기법을 연습하는 서정적인 그림으로 보인다면, 그리고 머리에서 나는 '딱' 소리가 경쾌하게 들린다면, 그건 영원고에 완벽히 적응했다는 증거다. 그만큼 학생 주임의 등교 시간 실로폰 연습은 흔한 일이었다.

"그게 아니라요, 새벽까지 시험공부 하다가 책상에 엎드려 잠들었는데 알람 소릴 못 들었어요. 진짜예요."

톡톡 불거진 여드름이 코 주변에 집중적으로 자리 잡은, 진짜로 공부만 하게 생긴 1학년 여학생이 학생 주임에게 항변했다. 그 덕분인지 학생 주임은 여학생에게 변명할 기회를 줬다.

"어제 무슨 과목 공부했어?"

"영어 10단원 단어 외우고 문법 봤구요, 수학은 함수 풀었어요. 믿어 주세요, 쌤!"

1학년 여학생의 말이 끝나기 무섭게 나는 눈을 질끈 감았다. 학생 주임한테 처음 걸린 애였다. 한마디로 범생이라는 건데, 문제는 오늘 걸려도 제대로 걸렸다는 거다.

"뭐, 쌤? 내가 늬 집 개야, 아니면 양키 놈이야? 쌤이라니 누가 쌤이야?"

학생 주임이 가장 싫어하는 말이 '쌤'이었다. '쌤'을 싫어하는 학생 주임이 또 좋아하는 게 있으니 그건 바로 단체 기합이다.

여학생의 얼굴이 파랗게 질렸다. 아니, 그 여학생만 질린 게 아니라 같이 걸린 열한 명의 얼굴이 모두 우거지 죽상이 되었다.

"이제부터 오리걸음으로 운동장 세 바퀴. 알았나? 지금부터 시작!"

이런 쓰벌, 열라 짱나, 구시렁거리는 소리가 들렸지만 결국 아이들은 귀를 잡고 뒤뚱거리며 운동장을 돌기 시작했다.

나는 승효를 옆으로 밀쳤다.

"형님 갔다 오마. 가방이나 잘 지켜."

승효가 주춤주춤 옆으로 나오자 학생 주임이 물었다.

"넌 뭐야?"

승효는 군소리 없이 교복의 소매를 걷어 올려 15도가량 휜 왼손을 보여 주고 다시 바지통을 올려 상태가 비슷한 왼발을 보였다.

"아픈 녀석이면 진즉에 말을 하지 왜 그러고 있었어? 넌 여기서 손들고 있어. 손은 들 수 있지?"

학생 주임은 무안해하면서도 억지로 위신을 세우려는 듯 말했다. 승효는 담담하게 팔을 들어 올린 채 교문 앞에 서 있었다.

나는 쪼그려 걷기를 하면서 승효에게 엄지손가락을 추켜올렸다. '네 팔자가 짱이다.'란 뜻이었다. 긴 다리도 아니건만 다릴 접고 걸으려니 숨이 턱까지 찼다. 아직 한 바퀴도 못 돌았는데 세 바퀴를 언제 다 도나 싶어 머리가 돌 지경이었다.

"참 꼴좋다. 너, 2학년 6반 민지영이지?"

교문 쪽을 보니 민지영이 고갤 숙인 채 학생 주임의 잔소리를 듣고 있었다.

"지금이 어느 땐데 싸움질이나 하고 다녀? 고개 들어 봐, 아주 제대로 맞았구만. 누구랑 붙은 거야?"

세상에, 민지영 얼굴이 마지막 라운드까지 버틴 복서는 저리 가라 하게 볼만했다. 왼쪽 눈가는 눈이 안 보일 만큼 퉁퉁 부어올랐고, 오른쪽 광대뼈 주변은 퍼렇다 못해 보라색 멍이 들어 있었다.

'변태 새끼한테 엄청 맞았군. 그러게 누가 그따위로 살래?'

동정할 필요도 없었다. 하지만 빤히 봤으면서 모른 척했단 생각에 아무래도 찜찜했다.

"혼자 뜬 거야, 아님 패거리로 붙은 거야? 좋은 말 할 때 빨리 불어라."

학생 주임이 대놓고 물었다. 어른들은 마치 다 알고 있는 것처럼 굴지만 세상엔 예상과는 다른 일들도 많이 일어난다. 바로 지금처럼.

"자전거 타다 그랬어요. 넘어지면서 가로수에 얼굴 박은 거구요."

학생 주임은 이 말을 믿어야 할지 말지 망설이는 표정이었다. 하지만 금세 믿는 척할 것이다. 꼬치꼬치 캐 봐야 귀찮아진다는 걸 잘 알고 있을 테니까.

"조심 좀 하지. 여자애가 얼굴이 이래서 어째? 약은 바른 거야?"

"네."

"아프니까 봐주지만 다음에 지각하면 국물도 없어."

민지영은 순순히 대답하고 교실로 들어갔다. 고개를 푹 숙인 채 들어가는 민지영 모습에 병아리 눈물만큼 미안한 맘이 들었지만 저려 오는 다리의 아픔 때문에 그마저도 금세 잊어버렸다.

그사이 승효 부모님이 미국에서 오셨다.

"하루 만에 벌써 자유가 그리워져!"

당분간 부모님이 들이미는 보약과 영양제에 시달릴 생각을 하는지 승효는 작은 목소리로 절규했다. 배부른 소리 하지 마, 란 말이 목까지 걸려 나왔지만 꿀꺽 삼키고 웃어 주었다. 그리고 부모님과의 해후를 맘껏 즐기라고 일요일에도 승효를 떼 놓고 혼자서 공부했다. 딱히 공부가 잘되는 건 아니었지만 놀고 있는 것보단 맘이 편했다.

암기 과목을 눈으로 훑고 있을 때 문자 신호음이 들렸다. 모르는 번호였다. 누구지?

'그날 밤 일에 대해 서로 할 말이 있지 않을까? 4시에 구립 도서관 로비에서 기다릴게. 안 나와도 어쩔 수 없지만…… 나왔으면 좋겠다. 아 참, 난 6반 민지영.'

민지영, 그 민지영? 얘가 언제부터 안면 텄다고 문자질이야, 웃기고 있네!

문자를 삭제하려는데 갑자기 손끝에서부터 싸늘한 기운이 퍼지며 꼼짝도 할 수 없었다. 이건 민지영이 나에게 보낸 경고의 메시지였다. 철대문 앞에서 마주친 게 아무래도 찝찝했는데 결국 들켰나? 그런데 술김에도 내 얼굴을 알아봤다고? 지금 당장 전화를 걸어 무슨 소리냐며 따져 볼까? 아니야, 괜히 긁어 부스럼 만들 필요는 없어. 이 궁리 저 궁리 하느라 머릿속이 복잡했다. 어쨌든 중요한 건 내가 그 시간에 왜 승효 집에 있었는지에 대해 그럴듯한 핑계를 준비하는 것이다.

결국 공부하던 책을 밀어 놓고 방바닥에 벌러덩 드러누웠다. 천장엔 비가 샌 자국이 희미하게 남아 있었다. 불쾌한 느낌이 온몸으로 스며들었다.

약속 시간보다 오 분 일찍 도착했다. 도서관은 시험을 앞둔 주말답게 번호표를 받고 기다리는 대기실까지 학생들로 넘쳐 났다.

나야 민지영 얼굴을 알지만, 걔가 날 알아볼까? 내 얼굴을 모른다면 그날 밤 일에 대해서도 모를 가능성이 있겠지?

"벌써 왔네. 오래 기다린 건 아니지?"

뒤에서 낭랑한 목소리가 들렸다. 잠깐이나마 품었던 희망이 사라졌다.

"아니, 지금 막 왔어."

민지영은 그사이 눈가의 부기도 빠지고 보라색 멍도 연두색 정도로 흐려져 있었다. 교복이 아닌 편안한 청바지 차림이라 그런지 얼룩덜룩 멍든 얼굴이 아니면 알아보기 힘들 만큼 평범했다. 그나마 왼쪽 세 개, 오른쪽 두 개의 귀걸이로 '잘나가는 날라리'의 품위는 잃지 않았다.

"난 민지영, 알고 있겠지만. 너 4반 최기찬 맞지?"

나는 떨떠름하게 고갤 끄덕였다. 그리고 바로 본론으로 들어갔다.

"그런데 왜 만나잔 거야?"

내 말에 민지영 표정이 야릇해졌다.

"날 좀 도와줬으면 해서."

"뭘 도와 달라는 건데. 그리고 왜 내가 널 도와줘야 해?"

눈 하나 깜빡이지 않고 천연덕스럽게 민지영의 얼굴을 쳐다봤다. 기 싸움에서 질 수야 없었다.

"흠, 알아들을 거라 생각했는데 아직도 이해 못 하나 보네. 그날 밤, 네가 리버힐에서 본 걸 다 말해 달라고!"

민지영의 말이 휘몰아치듯 울렸다. 특히 '리버힐'이란 말은 얄밉도록 또박또박 발음했다.

내가 당황한 걸 눈치챘는지 민지영이 속삭이듯 물었다.

"여기서 얘기할까, 아니면 근처 햄버거 가게라도 갈래?"

"일단 아무 데나 가자."

"잠깐만 기다려. 열람실에서 책 좀 챙겨 올게."

민지영이 자리를 떴다. 예상치 못한 공격이었다. 효도르가 날린

니킥을 맞은 듯 정신이 어찔하고 다리가 휘청거렸다. 설마 했는데 가장 걱정했던 일이 현실로 나타났다. 민지영을 기다리는 동안 수십 가지 생각이 떠올랐다 사라졌다. 열람실에서 내려온 민지영이 나보다 몇 걸음 앞서 걸으며 도서관을 나갔다. 가방에 미처 못 들어간 참고서가 손에 들려 있었다. 아 참, 열람실에 간다고 했던가? 그럼 여기서 시험공부를 했다는 거네. 왜 한 번도 민지영이 다른 애들과 같단 생각은 안 해 봤을까? 그제야 민지영이 열여덟 살, 같은 또래란 생각이 들었다. 그래서 잘만 구슬리면 충분히 넘어갈 수 있지 않을까, 란 착각을 야무지게 해 버렸다.

"콜라 하나면 돼? 햄버거라도 시키지."

각자 콜라 하나씩만 앞에 놓고 앉아 있자니 좀 썰렁하긴 했다. 점심 먹은 지 한참 된 배도 출출했다. 하지만 민지영 앞에서 입을 쩍 벌려 가며 햄버거를 먹고 싶은 생각은 없어 고개를 저었다.

"좋아. 그날 밤 스토리는 생략할게. 어때, 이만하면 얼굴은 괜찮아졌지? 그런데 문제는 내 마음이란 말이야. 시간이 지나도 영 찜찜해서. 네가 생각해도 여기서 끝내는 건 좀 그렇지? 개인적으로도 치욕스럽고 열 받는 일이지만, 그런 변태 새끼가 또 다른 피해자를 만들 걸 생각하니까 그건 막아야 되지 않나 싶더라고. 그러니까 그런 새끼야말로 악의 축이라 이거지."

뭐, 악의 축? 언제부터 그렇게 정의의 편에 섰다고. 지금 네 행동이 슈퍼맨이 벗어 놓은 유니폼을 몰래 훔쳐 입은 것처럼 어색한 거 아니? 하지만 말까지 삐딱하게 할 순 없었다. 나도 약점이 있는 몸이니까.

"무슨 말인지는 알겠는데 내가 도움이 될 것 같진 않네. 그리고 시험 기간이라 다른 데 정신 팔 정도로 한가하지도 않고. 미안해서 어쩌지?"

이 정도면 만족스러울 만큼 예의 바른 거절이다. 당연히 민지영도 수긍하겠지? 그런데 문득 아직도 피딱지가 남아 있는 민지영 입술이 눈에 들어왔다. 그리고 자연스레 그때의 상황이 떠올랐다.

"너 같은 건 그런 꼴 당해도 싸, 이렇게 생각하는 건 아니고?"

족집게가 따로 없었다.

"진짜 해 줄 말이 없어서 그래. 굳이 말하자면 가운데 머리가 빠진 대머리였다는 거랑 목재상 뒷벽 개구멍으로 도망갔다는 정도랄까."

정말 알고 있는 건 이게 다였다. 그런데도 민지영은 뭐가 맘에 안 드는지 한참이나 내 얼굴을 물끄러미 쳐다봤다.

"옥상에서 본 거니?"

아뿔싸! 실수했다. 그 변태가 목재상 뒷벽까지 도망가는 걸 볼 수 있는 곳은 리버힐 옥상밖에 없었다.

"실은 거기가 내 친구 집이거든. 그날 우리 집에서 같이 시험공부 했는데 이 띨띨한 녀석이 문제집도 안 갖고 왔더라고. 그래서 내가 대신 가지러 간 것뿐이야."

미리 준비해 둔 변명이었다.

"밤 12시에 문제집 가지러 옥상으로?"

아, 옥상 부분은 생각지도 못했다.

"설마 옥상으로 갔겠냐? 참고서 가지러 갔다가 잠 깨려고 옥상에 올라간 거야. 너 모르지, 리버힐 전망이 죽음이야."

당황스러워 안 어울리게 괜한 너스레도 떨었다.

"전망이 죽음인 옥상에서 내가 죽을 뻔한 것도 다 봤겠구나?"

"뭘 죽을 뻔해? 구두 굽으로 변태 새끼 잘만 패더구만."

이런, 또 실수!

"자세히도 보셨네. 그런데 해 줄 말이 그것밖에 없다고?"

의외로 강적이었다. 그렇다면 초강수를 쓸 수밖에 없다.

"그날 내가 리버힐 옥상에 있던 걸로 뭔가 오해하나 본데, 나 그렇게 나쁜 짓 한 거 없거든."

나는 콜라를 단숨에 들이켜고 세차게 컵을 내려놨다. 그리고 민지영을 향해 눈을 부릅떴다. 이런 터프한 액션이라면 움찔하겠지?

"더 마시고 싶으면 리필 할래?"

이 와중에 웬 리필! 네 개념이나 리필 했으면 좋겠다.

"리필은 됐고, 네가 진짜 바라는 게 뭐야?"

내 말에 민지영이 눈을 동그랗게 뜨더니 대꾸했다.

"나랑 그 변태 새끼 잡으러 같이 다니자구. 이 손으로 꼭 때려잡을 거야.”

민지영은 링에 올라선 복서처럼 두 주먹을 불끈 쥐었다. 방망이로 두드려 잡는 게임용 두더지도 아닌데 어떻게 때려잡겠단 건지, 도대체 답이 안 나오는 아이였다.

“명탐정 코난이라도 된 것처럼 착각하지 마. 어떻게 그 변태를 잡겠다는 건데?”

“증거가 꽤 있잖아. 대머리라며? 그리고 박하향 담배 냄새도 났어. 또 왼쪽 눈 아래 작은 상처도 기억나. 들어 봐, 키포인트는 이거야. 목재상 뒷벽 개구멍을 알고 있단 건 우리 동네 토박이란 뜻이잖아. 이 정도면 며칠만 잠복해도 잡을 수 있어.”

듣고 보니 일리가 있는 말이었다. 그래도 정말 중요한 걸 하나 잊고 있었다.

“내일부터 중간고사잖아?”

“그래, 시험이라 일찍 끝나잖아. 그러니 더 좋다는 거지.”

애야, 성적은 리필이 안 된단다. 넌 내신 걱정도 안 되니? 한숨이 푹 나왔다.

“그 변태 잡으러 다니다 보면 아무래도 성적은 떨어지겠지만, 그래도 어쩔 수 없잖아. 이게 훨씬 더 중요한 일 아니니?”

말을 하면서 민지영은 테이블을 주먹으로 내리쳤다.

내가 어이없어 할 말을 못 찾고 있자 이번엔 아예 쐐기를 박았다.

“어째서 한밤중에 리버힐 옥상에서 있었던 건지, 네가 정말 꽨

찮은 앤지 아닌지는 이번 일로 판단하겠어.”

최기찬, 너 이렇게 끌려만 갈래? 민지영 같은 계집애 하나 못 당해?

내 맘속에서 작게 대답이 들려왔다. 응!

시험 첫날, 같이 독서실에 가자는 승효에게 적당히 둘러대고 몰래 민지영을 만났다. 낮 시간의 한강 둔치는 황량한 바람만이 가득했다.

“내가 확인해 보니까 개구멍을 통해 나가면 그리 넓지 않은 텃밭이랑 빌라 두 채가 붙어 있어. 지하도를 이용해 한강 둔치를 끼고 멀리 갔다면 못 잡겠지만, 그렇진 않을 거 같아. 뜨내기가 목재상 개구멍을 알지는 못할 테니까. 그리고 자정을 넘긴 시간에 다른 곳으로 가기보다는 자기 집으로 갔을 가능성이 훨씬 더 높겠지.”

민지영은 제법 여형사 같은 포스로 말했다. 그런 모습이 우습기도 하고 어색하기도 했다. 나는 신발 끝으로 땅바닥을 톡톡 차며 민지영 말을 들었다. 그러다 우연히 민지영의 교복 치마로 눈길이 갔다. 치마를 무릎 위까지 줄여서 입고 다니는 여자애들이 많긴 했지만 민지영 치마는 유난히 짧았다. 게다가 의자에 앉으니 허벅지가 훤히 드러났다. 허벅지 안쪽에 검은 화살 문신이 있다고 하던데, 어느 쪽일까?

“어머, 얘 좀 봐! 너 뭘 보니?”

마치 내가 그 변태 새끼라도 되는 양 경멸의 눈초리였다.

"보긴 뭘 봤다고 그래?"

내가 왜 그런 인간이랑 같은 값으로 취급되나 싶어 펄쩍 뛸 지경이었다.

"짧든지 길든지, 치마 길이는 유행에 따라 달라지는 거고 선택은 입는 사람 맘이야. 이렇게 입으니 변태한테 당했지, 이딴 생각은 잘못된 거라고."

속으로 뜨끔했지만 나는 태연히 대답했다.

"왜 오버야? 허벅지가 하도 굵어서 운동 좀 했나 생각한 건데. 그리고 이런 저주받은 하체는 가려 주는 게 매너 아니냐?"

한 방 먹었다. 히히! 민지영 눈의 흰자위가 넓어졌다.

"충고 엄청나게 고맙다. 그러니까 이제 내 말 마저 들어. 빌라 한 채는 4층짜리로 여덟 세대, 또 한 채는 3층으로 여섯 세대가 살아. 짐작으론 아마도 그 빌라 사람들 중 한 명일 것 같아."

여덟 세대, 여섯 세대면 얼마 안 되는 것 같지만 그건 세대 수일 뿐이다. 그 집에 몇 명이 사는지에 따라 조사할 사람의 숫자가 몇 배로 불어날 거다. 만만치 않은 일이었다.

"그럼, 하루 종일 빌라 앞을 지키자는 말이야?"

생각만 해도 한심스러웠다.

"아니. 그럴까도 생각했는데 그건 좀 무식한 방법 같아서 말야. 그리고 낮부터 계속 빌라 앞에서 서성거리면 괜한 의심이나 받을 테고. 그 변태 나이가 웬만큼 있으니까 낮보다는 밤에 활동량이 더 많지 않을까? 그래서 저녁 6시에 그 앞에서 다시 만났으면 해."

그 전까지 여섯 시간 정도는 시험공부를 할 수 있었다.

"공부하고 이따 만나. 나도 도서관 갔다가 올게."

왜 이런 말을 민지영이 하면 이상할까? 귀를 다섯 군데나 뚫은 날라리도 시험의 압박은 피할 수 없나 보다.

'독서실? 오늘 시험은 악몽 수준이었음. 뼘이까지 저기압인 걸 보면 난이도 최상인 걸로 보여 안심. 낼 봐.'

공부하고 있는데 승효의 문자가 들어왔다. 워낙 작아 뼘으로도 키를 잴 수 있다고 '뼘'이란 별명으로 불리는 여자애는 우리 반 1등이다. 그런데 2교시 시험을 망친 건지 교실이 떠나갈 정도로 울어 댔다. 그래 봤자 평소보다 겨우 한두 개 더 나갔을 뿐, 빗금으로 얼룩진 다른 애들 시험지랑은 질적으로 달랐다. 하여간 있는 것들이 더했다.

'형님 지금 열공 중이다. 이번 시험은 무덤에서 보낼란다.'

지하에 자리한 이 공부방을 난 무덤이라 불렀다.

'난 천국에서 휴식 중. 쉬어 가며 해.'

바로 답장이 왔다. 쾌청한 하늘이 보일 승효의 방. K2 사진을 보며 침대에 누워 있을 팔자 좋은 승효의 모습이 눈에 선했다.

한 손으로 꼽아도 충분할 만큼 좁은 인맥이지만, 승효는 그중에서도 제일 믿음이 가는 친구다.

작년 3월의 어느 날. 입은 지 며칠 안 돼 아직도 어벙벙한 새 교복은 어딘지 모르게 촌스러웠고 그래서 신입생 티가 고스란히 배어날 무렵이었다. 같은 반이었지만 승효와 집이 가깝다는 건 그날 처음 알았던 것 같다. 생각해 보면 그다지 웃기지도 않고 야하지도 않은, 그렇지만 듣고 있으면 낄낄거리게 되는 농담을 주고받으며 집으로 걸어가고 있었다.

"빨리 좀 걸어."

승효가 걸음이 느려 몇 번 재촉을 했다. 갑자기 승효가 내 옆에 바짝 붙어 서더니 말했다.

"내가 너 애인 돼 줄까?"

허여멀겋고 곱상하게 생긴 외모가 괜찮다 싶었는데 이렇게 은근히 물으니 불쾌했다. 질겁하며 얼굴을 찌푸리자 승효는 왼쪽 교복 바지를 걷어 올렸다.

"약하긴 하지만 뇌성 마비 장애인이라고."

몰랐는데 다리가 발목부터 약간 굽어 있었다.

"봐, 애인 맞지? 장애인! 그러니까 좀 쉬엄쉬엄 걷자고."

천연덕스럽게 자신의 아픔을 보여 주다니, 뭐 이런 괴물 같은 녀석이 있나 싶었다. 그리고 난 단박에 이 친구가 맘에 들었다. 간혹 사람들은 내가 아픈 친구를 돌봐 준다고 오해하기도 했지만 그건 절대로 아니다. 난 승효가 편했다. 뭐랄까, 남들이 모르는 아픔의 코드가 같다고나 할까? 내 상처를 향해 손가락질하진 않겠구나 하는 어렴풋한 믿음이 있었다. 물론 승효에게 내 상처를 말한 적은 한 번도 없었지만.

"가끔씩 멍하니 무슨 생각 해? 나 심각하니까 건드리면 죽는다, 딱 그 표정이라니까."

그런데 승효는 정확하게 내 상태를 꿰뚫고 있었다. 나는, 아니 우리 집은 정말 심각했다. 몇 년 전 아버지 사업이 망하면서 떠안은 빚은 감당하기 어려운 수준이었고, 어린 나이에 집을 나간 형은 강도 사건의 용의자로 도주 중이었다.

"빙신 새끼, 도둑질은 아무나 하는 줄 알았남? 이왕 할 거면 제대로 하든가 어쩌자고 새파란 청춘을 쫓겨 다니냐고!"

술만 마시면 나오는 아버지의 말 때문이었을까? 아니면 형과 다르게 '빙신 새끼'가 아닌 걸 입증하고 싶어서였을까? 아니다. 승효 물건에 손을 댄 건 정말 우연이었다. 책상 위에 굴러다니던 문화 상품권이 보였고 그걸 집었을 뿐이니까. 문제는 승효가 갑자기 방으로 들어온 거였다. 난 얼떨결에 상품권을 주머니에 쑤셔 넣었고 언제 빼 놓을까 타이밍을 봤다. 하지만 기회는 오지 않았고 집에 와서 땀으로 축축해진 상품권을 꺼낼 땐 긴장이 풀려 바닥에 드러누워야 했다. 그런데 상품권이 바짝 마르는 동안, 죄책감에 시달리던 내 맘이 어느새 짜릿한 쾌감으로 바뀌어 있었다.

물론 한편으로는 승효 얼굴을 쳐다보지 못할 정도로 미안했다.

'미안한 만큼 더 잘해 주면 괜찮을 거야.'

말도 안 되는 변명이었다. 그렇지만 내가 괜찮아지기 위해, 죄책감을 덜기 위해 승효에게 잘했다. 그리고 믿을 수 없겠지만, 누군가에게 힘이 될 수 있다는 사실이 나에겐 또 다른 용기로 다가왔다.

고백하자면, 몇 번 더 그런 일이 있었다. 하지만 단 한 번도 걸린 적이 없었다. 언제나 위험보다는 안전을 택했기 때문이다. 승효의 전자사전은 탐이 났지만 부피도 크고 눈에 띌 것 같아 포기했다. 엠피스리는 작아서 승효가 안 보는 사이에 슬쩍 가져왔다. 밤마다 음악을 들을 수 있어 좋았다. 그거 말고는 현금 몇만 원이 충전된 티머니 카드와 문화 상품권 몇 장이 전부였다.

이번처럼 빈집에 들어가는 모험을 감행한 건 처음이었다. 그리고 마지막이라 생각했기에 저지른 일이었다. 인터넷 강의는 정해진 기간 안에 듣지 않으면 소용이 없는데 시험 기간에 다운 받아 들으려면 PMP가 필요했다. 그래서 PMP를 사려고 알아보니 가격이 제법 비쌌다. 아무리 애써 용돈을 모아도 빠른 시간 안에 장만하기는 어려웠다. 그러던 차에 승효의 부모님이 미국에 가게 됐다며 승효를 잘 좀 부탁한다 신신당부를 하셨다. 기회가 찾아왔고 난 그 기회를 놓치지 않았다. 그런데 그 비밀스러운 일을 민지영에게 들켜 버린 것이다.

그날 밤 일이 나와 민지영 중 누구에게 더 부담스러운 비밀일까 따져 보았다. 여자로서 그런 일을 당한 게 자랑은 아닐 테니 민지영도 동네방네 떠들고 싶지는 않을 거다. 그러나 냉정하게 생각해 보면 민지영은 범죄의 피해자이고 난 범죄를 저지른 가해자였다. 더구나 친구의 빈집에 들어가다니! 빈집 털이범? 말해 놓고 나니 더럭 겁이 났다. 형 문제로 가끔 찾아오는 날카로운 눈매의 형사가 당장이라도 내 뒷덜미를 잡아챌 것 같았다.

그때 툭, 치는 손길에 너무 놀랐다. 오줌이라도 찔끔 나올 정도로.

"뭐 죄졌냐? 왜 그렇게 놀라?"

민지영은 족집게가 확실하다. 당장 돗자리 깔고 영업해도 되겠다.

"죄는 무슨 죄? 이제 어떻게 할 거야?"

뜨끔해서 괜히 소릴 질렀다.

"빌라에서 멀리 떨어져 있으면 몸을 숨길 수 있어 좋겠지만 그러면 날도 어두운데 그 변태 얼굴 알아보기도 힘들잖아. 개구멍 말고 이 빌라로 올 수 있는 길은 저쪽 도로밖에 없으니까 도로 입구에 서 있자."

민지영은 잠복근무에 투입된 형사처럼 비장한 표정을 지었다. 하지만 표정에 비해 정작 실행에 옮긴 작전은 말할 수 없이 어설 펐다. 그저 도로변에 있는 은행나무 두 그루 사이를 왔다 갔다 하며 시간을 보냈으니까.

가을인데도 밤이 되니 강바람이 제법 셌다. 두껍게 입고 나왔어
도 옷 속으로 파고드는 바람 때문에 추웠다. 민지영은 얇은 셔츠에
올이 느슨한 스웨터를 덧입은 게 전부라 오들오들 떨었다. 피딱지
가 떨어진 입술이 새파랬다.

이럴 때 드라마에선 남자가 옷을 벗어 주겠지? 그렇지만 난 그
럴 마음이 눈곱만큼도 없다. 왜냐하면 민지영은 지금 약점을 이용
해 날 인질로 잡고 있는 셈이니까. 이 세상에 인질범에게 추워 어
쩌냐며 옷을 벗어 주는 미친놈이 어디 있겠는가 말이다.

그런데 몇 분 후 난 미친놈이 되었다.

"너, 꽤 두툼하게 입었다. 그 옷 좀 벗어 봐. 자꾸 콧물이 나와 죽
겠네."

싫어, 라고 말하려고 했는데 어느새 손이 먼저 지퍼를 내리고 있
었다. 몸집이 작은 민지영이 입으니 점퍼가 바람에 날렸다. 팔이라
도 휘저으면 개업한 가게 앞에 놓는 춤추는 바람 인형으로 보일 듯
했다. 허우적대는 바람 인형과 그 옆에서 벌벌 떠는 미친놈! 세상
에, 한밤중에 이게 무슨 생쇼란 말인가? 생각할수록 기가 막혔다.

"이렇게 추운데, 게다가 시험 기간인데 꼭 변태를 잡아야겠냐?"

"응."

민지영은 단호했다. 말랑한 듯 보이다가도 이럴 때 보면 날이 선
얼굴이었다. 자기가 뭐 그리 반듯하고 정의롭다고 이 난리를 치는

지! 코웃음을 쳐 주려 했는데 콧물이 나왔다. 기다리는 변태는 나타나지도 않고 정말 더럽게 추운 밤이었다.

시험의 압박은 쓰나미처럼 아이들을 덮쳤다. 그리고 늘 그렇듯 시험을 치르는 교실에는 영화 오디션 장을 방불케 할 정도로 다양한 캐릭터들이 등장했다.

"잠깐 엎드렸는데 아침까지 자 버렸어, 어떡해!"

'엄살형' 아이들은 열심히 하지만 생각보다는 점수가 안 나오는 부류다. 안 나올 점수에 대한 알리바이를 이렇게 미리 만드는 거다.

"나보단 낫네, 뭐. 난 아예 포기하고 내리 텔레비전만 봤다."

이런 '오노형' 애들은 무조건 경계해야 한다. 과도한 할리우드 액션은 그만한 자신감에서 나오는 거다. 우리 반 뺌이가 이 유형에 속하는데 늘 공부 안 했다면서 시험 기간 내내 핼쑥한 얼굴과 충혈된 눈으로 나타난다.

"새벽까지 공부했더니 졸려 죽겠어."

'고추잠자리형'은 말의 액면가만 믿는다면 가장 열심히 한 부류다. 하지만 배짱 좋게 내신을 무시할 강심장도 아니고, 그렇다고 눈을 후벼 파며 밤을 새워 열심히 하지도 못하는 대부분의 아이들이 여기 속한다. 그러다 보니 성적도 같은 자리에서 맴맴 맴돌 수밖에 없다.

난 가뜩이나 '고추잠자리형'이라 성적이 쑥쑥 오르는 편도 아닌데 컨디션까지 꽝이라 점수가 바닥을 쳤다. 어설픈 잠복근무를 하느라 감기에 걸린 탓이었다.

망할 민지영! 손마디를 으드득 꺾으며 욕을 했지만, 결정적 약점을 잡혀 군소리 한번 할 수 없었다. 아니 민지영이 무슨 죄가 있겠는가, 그보단 그 변태가 문제지. 며칠째 빌라 앞에서 서성거렸더니 이젠 민지영이 아니라 내가 그놈을 용서할 수 없을 것 같았다.

"친구 몰래 공부해서 내신 올리면 삼대가 재수 없다는 전설 알지? 아무리 열공 모드라지만 뭐가 그렇게 바빠?"

이상하게 쳐다보는 승효에게도 감기 핑계를 대고 집으로 왔다.

중간고사가 끝난 날. 모자란 잠 때문에 늘어지게 자도 아까울 시간에 민지영과 함께 다시 잠복근무에 나섰다. 이르게 찾아온 추위로 찬 바람이 무섭게 불었다. 그리고 몸속의 콧물이 몇 리터나 될까 궁금해질 정도로 계속해서 콧물이 흘렀다. 나중엔 집에서 가져온 휴지도 다 써 버려 주르륵 떨어지는 콧물을 훕 들이켜야 했다. 이런 내 모습을 보고도 민지영은 그저 더럽단 듯이 얼굴을 찡그렸다. 이 짓을 누구 땜에 하는데, 넌 양심의 가책도 못 느끼니?

추위 때문인지 빌라 앞에는 오가는 사람도 별로 없었다. 한곳에서 서성거리자니 심심하고 다리도 아팠다. 시간은 8시가 넘어 있었다. 그만 돌아가자고 말하려 했다. 그때 민지영의 휴대폰이 울렸고 어둠 속에서 휴대폰의 액정이 환하게 떠올랐다.

'구세주.'

민지영은 구세주의 전화를 받지 않았다. 길게 울리던 캐논 음악이 끊겼다. 민지영은 그 틈을 타서 얼른 진동 모드로 바꿨다. 하지만 곧바로 휴대폰 떨리는 소리가 났다. 주머니에서 꺼내는데 또 '구세주'였다.

"구세준데 웬만하면 받지 그러냐?"

"훔쳐보는 데는 천부적인 소질이 있구나."

틀린 말 한 것도 아닌데 날카롭게 굴기는! 몇 번 더 휴대폰이 떨자 민지영이 전화를 받았다.

"왜 자꾸 전화질이야?"

구세주에게 말하는 폼하고는. 그렇게 삐딱하게 구는데 누가 널 구해 주겠니?

"어디야, 저녁 먹어야지?"

여자 목소리였다. 볼륨을 높여 놨는지 말소리가 다 들렸다.

"먹거나 말거나 신경 꺼."

"어떻게 신경을 안 써. 집에서 기다리는 엄마 생각 좀 해 봐."

민지영의 엄마였다. 걱정돼서 한 전환데 왜 이리 짜증을 내는 거야? 까칠한 계집애.

"지영이 친군데요, 같이 라면 사 먹을 테니까 걱정 마세요."

옆에서 들리도록 한마디 했다.

휴대폰 속에서 "옆에 누구 있니?" 묻는 말이 나오는데도 민지영은 전화를 툭 끊었다.

"뭔데 남의 일에 참견이야?"

"네 일에 끼어들라고 부탁한 건 너야. 잊었어?"

네가 까칠하게 나오면 나도 까칠하게 나간다고.

"누가 통화하는 데까지 끼어들래?"

"알았어. 그럼 내가 어디까지 끼어들어야 하는지 매뉴얼을 만들어 오든가."

형과는 다른 모범생 아들을 믿는 마음도 있다지만, 먹고살기 바쁘다는 핑계로 엄마가 차려 준 밥을 먹은 기억이 한참 전이었다. 그러니 이렇게 찬 바람 불고 어둠이 스멀거리고 찾아올 때 저녁 먹으러 들어오란 전화 한 통이, 한 사발 가득 퍼 올린 뽀얀 쌀밥처럼 얼마나 따뜻하게 느껴지는지 이 계집애는 모를 거다. 난 이런 개념 없고 철없는 애들이 부러우면서도 짜증 난다.

"투정 부리지 마. 자해 공갈단도 아닌데 왜 네 인생 망치면서 엄마한테 반항하냐?"

이렇게 말하니 승효 말처럼 영감 같긴 하다.

민지영이 한숨을 푹 쉬었다.

"아무것도 모르면서 나서지 마. 그럴 만한 사정이 있으니까."

"모르지만 짐작이 가긴 하네. 결국은 얌전히 공부해서 대학 가란 잔소리가 듣기 싫은 거잖아."

"함부로 짐작하지 마. 그런 거 아니거든. 그럼 나도 그날 리버힐에서 네가 뭐 했는지 짐작해 볼까?"

인질로 잡혀 있단 사실을 잊고 있었다. 아예 말을 말아야지.

그때였다. 민지영이 내 손을 잡고 은행나무 뒤편으로 끌더니 작게 말했다.

"뒤에 좀 봐."

어둠을 틈타 고개를 돌렸다. 마침 텃밭에서 떨어진 두 번째 빌라를 향해 걸어가는 한 남자가 보였다. 보안등 빛에 실루엣만 보였지만 큰 키에 구부정한 어깨하며 가운데 머리가 훤한 것이 그날 밤의 변태가 틀림없었다.

"맞는 거 같지?"

내가 고갤 끄덕이자 민지영이 빌라 쪽으로 뛰어갔다. 빌라 유리창을 통해 복도의 불이 켜졌다 꺼지는 게 보였다. 1층부터 차례로 켜진 불이 3층에서 멈췄다. 3층에 사는 남자였다.

"올라가서 잡자!"

계단을 뛰어 올라가려는 민지영의 뒷덜미를 잡았다.

"서두르지 마. 한 번 더 확인하고 그때 잡아도 늦지 않아."

일단은 집에 가기로 했다. 시험은 고스란히 망쳤지만 '변태 때려잡기' 작전은 성공한 듯했다.

목재소를 지나 큰길로 내려오는데 민지영이 물었다.

"배고프지 않니?"

안 그래도 뱃가죽이 등에 붙을 지경이었다. 아무리 인질이래도 밥은 먹이면서 붙잡고 있어야 하는 법이다.

"당연하지. 시간이 몇 신데."

퉁명스레 대답하자 민지영이 그럴 줄 알았다는 듯이 고갤 끄덕였다.

"너 돈 좀 있니?"

와! 이젠 삥까지 뜯겠단 말인가? 입을 쩍 벌린 내 얼굴에 대고 민지영이 물었다.

"아까 전화할 때 네가 라면 사 준다고 했잖아?"

그 말을 이렇게 알아들을 수도 있나? 이 정도 이해력이라면 언어 영역 점수는 분명 바닥일 거다.

"이게 전부야."

오냐, 이거라도 줄 테니까 제발 나 좀 풀어 주라. 주머니를 뒤져 꼬깃꼬깃 접힌 천 원짜리 두 장을 건넸다. 그리고 얼른 돌아서서 집으로 향했다. 민지영이 뒤에서 졸래졸래 따라왔다. 성가신 계집 애 같으니라고!

"아직도 볼일이 남았어?"

"혹시 너희 부모님 친구 놀러 오면 신상 조사하시니?"

우리 집에 온 친구라고 해 봤자 승효가 전부였다.

"그런 거 안 해. 어차피 집에 안 계시니까."

"다행이다. 그럼 너희 집에서 라면 끓여 먹자. 참, 라면은 있니?"

썰지도 않은 김치를 손으로 쭉쭉 찢어 먹는 민지영을 보니 내가 정말 미친놈이지 싶었다. 난 이제껏 또래 애들보다 내가 한 수 위라고 생각했었다. 실제로 승효를 이용하기도 했으니까. 그런데 뛰는 놈 위에 나는 놈 있다더니 민지영이 바로 '나는 놈'이었다.

"집에 가기 싫던 참에 민생고도 해결하고 좋다. 그리고 이 김치 완전 대박이다."

민지영은 식성이 게걸스럽다 못해 추접스러웠다. 덜어 준 라면을 다 먹더니 입가에 번들거리는 기름은 닦을 생각도 않고 밥을 찾았다. 그러더니 망설이지 않고 밥 한 공기를 라면 국물에 말아 뚝딱 해치웠다. 이렇게 전투적인 식성을 가진 여자애라면 허벅지의 은밀한 문신을 보여 준다 해도 단번에 거절할 거다.

"근데 내일 어떻게 잡지?"

"잡긴 우리가 어떻게 잡아? 경찰을 부르든가 해야지."

내 말에 민지영이 의외란 얼굴로 물었다.

"난 너 생각해서 경찰을 뺀 건데. 네가 목격잔데 그날 리버힐에 있었던 거 탄로 나도 괜찮아?"

아차. 미처 그 생각까지는 못 했다.

"내 얘긴 말고 네가 신고하면 되잖아."

"증인이 없는데 믿어 줄까?"

그러고 보니 강제로라곤 하지만 키스라는 게 흔적이 남는 것도 아니니 증인이 필요할 것 같았다. 그렇다고 내가 나설 수 있는 입장도 아니고.

문득 얼룩덜룩 피멍이 든 민지영 얼굴이 떠올랐다.

"그 볼만한 얼굴 좀 사진으로 박아 놓지 그랬냐?"

"그거야 휴대폰에 있지."

"있어? 그럼 무슨 걱정이야?"

"안 돼, 그러면 단순 폭행죄가 되잖아."

민지영 말에 고갤 끄덕일 수밖에 없었다. 이런 갑갑한 상황이 오리라곤 생각도 못 했다. 라면이 불어 터지는 것도 모른 채 골똘히 생각해 봤지만 답이 없었다.

"증인이 한 명 더 있긴 한데."

자신 없다는 듯 민지영이 중얼거렸다.

"누군데? 그날 또 누가 봤구나?"

"아니, 확실한 건 아니고. 그날 네가 리버힐에서 봤다는 걸 말해 준 사람이 있어."

처음 듣는 얘기였다. 나는 놀라서 입이 벌어졌다.

"나한테 문자가 왔었거든. 잠깐 있어 봐, 찾아볼게."

민지영이 주머니를 뒤적거려 휴대폰을 꺼냈다. 그리고 문자 하나를 보여 주었다.

'범인 잡을 방법 알려 줄게. 2학년 4반 최기찬이 목격자야. 녀석

도 그날 리버힐에 있으면 안 됐어. 그걸 빌미로 도와 달라 그래. 파이팅이다.'

짧은 문자였지만 민지영이 날 이용해 먹기엔 부족함이 없었다. 내 멍한 얼굴을 보더니 민지영은 미안한 듯 살짝 찡그렸다.

"사전 조사를 약간 했어. 넌 몰랐겠지만 네 뒤를 밟았지. 확실히 집이 리버힐은 아니더라고. 그렇담 너도 약점이 있으니까 날 도와줄 수 있을 거라 생각했어."

변태 사건보다 이 문자가 더 미스터리였다.

"그럼, 너는 그날 내가 무슨 일을 했는지 하나도 몰랐단 거네."

민지영이 고갤 끄덕였다.

"그렇지만 짐작은 했어. 너랑 같이 어울리는 임승효란 애가 거기 산다는 것, 그 애가 장애가 있다는 것, 그래서 네가 그 애를 적당히 이용했겠구나 하는 정도는 눈치챘지. 그 시간에 리버힐 옥상에 있던 것도 그 연장선 아니었어?"

"승효는 내 친구야. 내가 좋은 놈은 아니지만 적어도 승효에게 나쁜 짓을 하진 않아."

기껏 내뱉은 변명의 말이 웅얼거리며 나왔다.

"뭐야, 꼭 사람을 패고 죽여야 나쁜 짓이란 거야? 그것도 아니면 더 나쁜 애들이 꼬이는 걸 막아 줬단 말인가? 하긴 승효란 애, 중학교 때 완전 못된 놈한테 걸려서 아주 애먹었다고 하더라."

민지영은 의외로 승효의 중학교 일까지 알고 있었다. 같은 반 친구가 승효의 중학교 동창이라 그때 일을 자세히 들었다고 했다.

"문자를 보낸 사람이 누군지는 모르는 거야?"

일단 닥친 문제에 집중해야 했다.

"이 번호로 전활 했는데 초등학생이 받는 거야. 역 근처 초등학교 알지? 거기 다닌대. 오빤지 아저씬지 그 비슷한 사람이 연락할 데가 있는데 휴대폰 배터리가 떨어졌다고 해서 빌려 준 거래. 거짓말 같진 않고, 문자 한 건에 이천 원 받았다고 좋아하더라."

도대체 누구지? 생각해 보니 리버힐에 사는 3학년도 있던데 혹시 그 선배가 날 본 걸까?

"네가 경찰서 같이 가는 건 아무래도 어렵겠지?"

민지영이 조심스레 물어봤지만 머리가 복잡해 아무 대답도 할 수 없었다.

다음 날 오후, 민지영과 경찰서로 갔다. 민지영은 그날 사건에 대해 말하고 변태가 사는 곳의 주소를 알려 줬다. 민지영이 당한 일은 성희롱이며 성희롱은 일단 피해자의 증언만으로도 사건 접수가 된다는 거였다. 밤새 인터넷을 뒤진 결과였다. 민지영이 경찰에서 말하는 동안 나는 한쪽에서 조용히 있었다.

"아저씨들이 다 조사한 다음에 연락 줄 테니까 걱정하지 말고 있어. 뭐, 우리가 염려 안 해도 남자 친구가 워낙 든든해 걱정 없겠지만."

졸지에 민지영의 남자 친구가 되는 수모(?)를 겪었지만 무사히 경찰서를 나올 수 있었다. 경찰서를 나오면서 보니 민지영의 교복 치마가 무릎 아래였다.

"웬 롱 스타일이야?"

"저주받은 하체 가리라며?"

"그래, 가려 주니 좀 낫네."

"너무 좋아하지 마. 네 충고 때문이 아니라 자꾸 흉터 보이는 게 싫어서 가린 거니까. 오른쪽 허벅지에 화상 흉터가 크게 있는데 그거 때문에 희한한 소문이 다 돌았나 보더라. 기가 막혀서!"

문신이 아니라 화상 흉터였구나.

"그럼 범생이 모드로 변신?"

내 말에 민지영이 히히 웃었다.

"그럴 리가? 이젠 머리에 힘 좀 줄까 해. 그리고 이거나 받아."

민지영이 뜬금없이 비누를 건넸다.

"멋대로 짐작해서 미안하긴 한데, 이젠 밤늦게 남의 집 옥상에서 서성이는 짓 그만하고 손 씻으라고."

비누를 전해 주더니 민지영은 휙 가 버렸다. 긴 치마를 입은 뒷모습이 낯설었지만 편안해 보였다. 짧게 치마를 줄여 입고 귀를 뚫는 게 어른이 되는 지름길은 아닐 거다. 민지영이 그런 깨달음을 얻은 걸까? 그러고 보니 나도 어른인 척했지만 아직은 별수 없는 열여덟 살이다. 센 척하면서, 상처가 곪은 걸 감추려다 보니 여기까지 왔나 보다.

비누에서 골치 아픈 찐한 향이 느껴졌다. 계집애, 좋은 것 좀 사지. 비누를 받으면서도 부끄럽지는 않았다. 아직 늦지 않았으니까, 이제부터 천천히 좋은 어른이 되면 될 테니까.

민지영 일은 내가 나서지 않고도 잘 해결이 되었다. 일이 잘 풀리려 그랬는지 그 변태는 전에도 비슷한 사건으로 경찰의 조사를 받은 적이 있었고 민지영의 일도 순순히 인정했다고 한다.

"이제 속이 시원하냐?"

"그래, 엄청 후련하다. 저런 새끼들은 아주 따끔한 맛을 봐야 된다니까. 암튼 이 원수는 언젠간 갚으마."

고생했다며 내 어깨를 툭툭 치고 돌아서는 민지영의 발걸음이 가벼웠다.

그리고 민지영에게 내색하진 않았지만 '구세주'의 비밀도 알게 되었다. 한동네다 보니 어찌어찌 소문이 내 귀에까지 들어왔다. 이혼하고 혼자 살던 민지영의 엄마가 어떤 아저씨와 사랑에 빠지게 되었단다. 민지영이 그것까지 이해 못 할 정도로 꽉 막힌 애는 아니지만 문제는 그 아저씨에게 아직도 법적인 부인이 존재한다는 것이었다. 그 부인이 민지영 집에 찾아와 물건을 부수고 난동을 부려 이웃들의 신고로 몇 차례나 파출소 신세를 졌다는 이야기였다.

'민지영 맘이 편하진 않겠군!'

한때는 구세주였던 엄마에게 얼마나 배신감을 느꼈을까 싶지만 그걸 핑계로 함부로 사는 건 어리석은 짓이다. 나도 민지영에게 밴드를 선물할까 보다. 자해 공갈단 생활 그만하라고.

변태가 잡혔단 소식에 고무된 나와 민지영은 이 일의 가장 큰 미스터리에 도전했다. 문자에 찍힌 번호로 전화를 걸어 숨겨진 목격자에 대해 물었다.

"잘 기억이 안 나요. 전철역 앞에서 만났는데 그냥 키 크고 목소리 굵은 오빠였어요. 근데 왜 자꾸 전화하시는 거예요? 혹시 그 오빠가 제 전화로 나쁜 짓이라도 저질렀어요?"

여자아이는 내가 꼬치꼬치 묻자 걱정스러운 눈치였다. 이 정도면 포기해야겠다 싶어서 끊으려 할 때였다.

"아 참, 하나 기억나는 게 있어요. 그 오빠 휴대폰에 무슨 산봉우리 모형 같은 게 매달려 있었어요."

강바람이 불어오는 리버힐 옥상에 다시 섰다.

"받아."

난 승효에게 기프트 카드와 엠피스리를 건넸다. 승효가 난감한 듯이 머뭇거렸다.

"멍든 얼굴만 아니면 나도 끼어들지 않았을 거야."

승효는 전부터 내가 한 일을 모두 알고 있었다고 했다. 그래서 그날 밤 살그머니 뒤를 밟았고, 옥상에 서 있던 나를 볼 수 있었던

다. 모른 척하리라 생각했던 승효의 마음이 변한 건 민지영의 멍든 얼굴 때문이었단다.

"그 얼굴을 볼 때마다 힘들었어. 내가 원래 아픈 거라면 질색하잖아. 그래서 며칠 고민하다가 몰래 도와줄 방법을 생각해 냈지. 결과적으로 이렇게 들켰지만."

승효가 휴대폰에 매달린 K2 모형을 흔들었다. 승효의 담담한 눈빛을 마주 보고 있으려니 견딜 수 없이 비참했다.

"날 동정했구나. 그까짓 거 필요 없으니까 먹고 떨어져, 그런 맘이었니?"

"쉽게 말하지 마. 난 동정이란 말 정말 싫어해. 널 좋아했던 건, 아픈 날 동정하지 않았기 때문이야. 알다시피 난 누구에게나 가여워 어쩔 줄 모르겠는 존재잖아. 넌 모를 거야. 그게 얼마나 피곤한 삶인지. 난, 날 동등하게 대해 줄 사람이 필요했고 그게 너였어."

피식 웃음이 나왔다.

"널 이용한 건 괜찮고?"

"솔직히 나한텐 동정보다 그게 더 나았어. 기찬아, 내가 그렇게 못 믿을 친구였니? 힘들면서도 기댈 생각은 왜 못 한 거야?"

그 말을 듣자 온몸의 기운이 다 빠져나가는 듯했다. 그래서 승효에게 겨우 물었다.

"우리 형 일도 알고 있었니?"

승효가 고개를 끄덕였다. 다 알면서도 시치미 떼고 날 갖고 논

거야? 그래, 굽은 네 팔다리보다 몇 배는 더 엉망으로 망가진 모습이 그렇게 보기 좋았니?

"네가 뭔데 나에 대해 그렇게 속속들이 아는 거야, 도대체 넌 뭐냐고?"

꽁꽁 싸매 둔 가슴속 응어리가 풀리면서 뜨거운 분노가 터져 나왔다.

"오해하지 마. 네가 끼적이고 버린 낙서에서 우연히 알게 된 거니까."

"그래, 기분이 어땠어? 형은 범죄자에, 동생은 좀도둑에, 엄청 웃었겠구나. 차라리 실컷 비웃어 주지 그랬어? 그랬으면 지금보단 덜 비참했을 거야."

발가벗겨진 느낌이었다. 이렇게 치부를 내보이며 모욕당하는 걸 참을 순 없었다. 승효의 멱살을 잡았다. 한 대 갈기고 다신 안 볼 생각이었다. 그런데 가까이 얼굴을 들이대고 보니 승효 입가가 묘하게 일그러져 있었다.

"얼른 꺼져, 새끼야."

멱살을 풀고 승효를 문 쪽으로 떠밀었다. 승효는 날씨가 추우면 마비가 찾아오기도 했다.

"싫어, 안 내려갈 거야."

"빨리 가. 마비 오면 또 응급실 가잖아."

급한 마음에 버럭 소릴 질렀다.

"나, 난 꼭 K2에 갈 거야. 근데 너, 너만큼 날 아는 애가 없으니까, 너만큼 믿을 수 있는 사람이 없으니까. 그, 그래서 널 포기할 수어, 없다구. 대답해. 나랑 같이 가겠다고 대답해!"

혀가 무뎌지는지 말도 더듬었다.

"알았어, 미친놈아. 빨리 내려가자고!"

그렇게 승효의 찬 몸을 비비면서 같이 내려왔다.

승효는 결국 입원했다. 담임은 시간 되면 가 보라며 칠판에 승효가 입원한 병원을 써 놓는 친절을 발휘했다.

"이 상황에 무슨 문병이람!"

말은 그렇게 했지만 몇 번이나 병원 앞을 서성거렸다. 승효의 주절주절 읊어 대는 말투와 엇박자 걸음이 그리워서였다. 그렇지만 덥석 병원으로 들어가진 못했다.

승효에게 다시 연락이 온 것은 그로부터 열흘이 지난 뒤였다.

'K2 원정대를 모집합니다. 자격: 건강한 대한민국 남성. 특히 손재주(?) 좋은 분.'

녀석다운 화해 방식이었다. 하지만 녀석이 아무리 쿨한 척해도 내가 떳떳하게 나설 자신이 없었다. 그래서 답 문자도 안 보냈다. 그런데 잠시 후 또 문자가 왔다.

'10월 18일 병원 1층 로비 CCTV를 통해 본 것은?'

이 뜬금없는 질문은 또 뭐야? 무슨 속셈인진 알 수 없지만 묘한 호기심으로 기다리고 있을 때 여지없이 다음 문자가 도착했다.

'정문 앞에서 어슬렁거리는 최기찬.'

이번에도 날 봤다고? 도대체 이 녀석은 뒤에도 눈이 달렸나? 사방에서 날 감시하는 느낌이었다. 결국 답 문자를 보냈다.

'네가 내 인생의 목격자냐? 그만해라. 그리고 손재주 끊어서 원정대 참여 못 한다.'

보내자마자 바로 문자 신호음이 울렸다.

'손재주 없는 분도 적극 환영. 상세 자격 요건: 영감 취향의 고딩. 모집 장소: 목격자 집.'

나한테 뭐하자는 거야? 툴툴거렸지만 어느새 발길은 집을 나서고 있었다. 까짓거 얼굴 한번 보여 주지 뭐. 느긋한 척 운동화 뒤축을 꺾어 신었지만 잠시 후 발걸음이 빨라졌고 어느샌가 숨을 헐떡이며 달리고 있었다. 친구야, 기다려라, 내가 간다.

바람 속으로 달리는 맛이 제법 괜찮았다.

지 금 아 니 면 못 할 일

백발마왕 때문에 결국 출근이 늦어 버렸다. 머리가 허연 담임은 툭하면 진학률이 어쩌고, 내신 등급이 어쩌고 하며 종례를 질질 끌기 일쑤였다. 구구절절 옳은 말씀이지만 한시가 급한 지영은 담임 앞에 무릎이라도 꿇고 사정하고 싶은 맘뿐이었다. 선생님, 성적도 중요하지만 돈이 있어야 대학도 갈 수 있답니다. 제발 가난한 근로 학생의 처지를 생각하여 종례를 끝내 주시길 바라옵니다.

입에서 단내가 나도록 뛰어왔지만 타임카드를 찍으니 17시 09분. 그릴(맥도날드 주방)에서 나오던 스윙 매니저 본강 오빠와 딱 마주쳤다.

"담탱이 잔소리 땜에……."

담임인 백발마왕의 괴팍한 성격을 이해해 줄 리 없는 본강 오빠가 눈을 치켜떴다.

"죄송합니다."

꾸벅 고개를 숙이면서 슬쩍 카운터를 엿봤다. 지영은 본강 오빠보다 보미가 더 신경 쓰였다. 역시 샐쭉한 표정이었다. 보미는 지영보다 몇 달 먼저 들어왔다고 잔소리가 짱짱했다. 카운터에는 보미와 근석 둘만 있었지만 다행히 손님이 없어 바쁘진 않았다.

"됐고, 또 지각하기 없기다."

본강 오빠는 지영의 세 번째 지각을 눈감아 주기로 맘먹은 듯한쪽 눈을 찡긋했다.

"제가 그릴 할까요?"

그래도 지각인데 보미 눈치 안 보고 주방에서 패티 굽는 게 나을 것 같았다.

"아니, 손님 몰려오기 전에 로비랑 화장실 청소부터 해."

우쒸! 며칠 전에 새로 들어온 크루(아르바이트생)도 있는데 왜 하필 나야? 매장의 청소는 대체로 처음 들어온 신입 크루들이 하는 일이었다. 지영은 지각에 대한 벌이구나 싶어 얼굴을 찌푸렸다.

"인상 쓰지 마. 새로 온 애가 딜리버리(배달) 자원했어."

"왜요, 누가 빠졌어요?"

딜리버리 티오는 이미 꽉 찬 상태였다.

"현기가 어제 빗길에 넘어졌는데 발목에 금이 갔나 봐."

햄버거 배달은 밤늦은 시간에 인기가 많았다. 그나저나 새로 온 크루가 딜리버리를 하면 당분간 청소는 지영과 근석이 도맡아 하게 될 거였다.

"크루 새로 뽑을 거니까 며칠만 고생해."

본강 오빠가 어깨를 두드렸다. 본강 오빠도 지영 같은 아르바이트로 시작했기 때문에 크루들의 어려움을 모르지 않았다.

1, 2층 로비와 화장실을 청소하고 먹고 남은 음료수를 버리는 통까지 다 비워 놓고서야 카운터에 섰다. 보미가 새로 뽑은 콜라를 건넸다. 이 계집애가 웬일이람.

"마셔. 좀 있으면 병아리 도착할 시간이야."

지영이 근무하는 맥도날드 매장은 전철역 2번 출구 바로 앞에 있었고 매장 옆과 뒤쪽으로는 학원들이 밀집해 있었다. 보미가 말하는 '병아리'는 노란색 학원 차를 말하는데 오후 6시가 넘으면 길 건너편 슈퍼와 안경점이 안 보일 정도로 매장 앞에 줄지어 섰다. 그리고 그 속에서 토해져 나온 학생들은 햄버거로 급하게 저녁을 때우기 위해 물밀듯이 들어왔다. 6시부터 7시까지가 매장의 피크 타임이었다. 5시 45분, 한바탕 전쟁을 치르기 전 마지막 휴식 시간이었다.

유니폼 윗옷이 끈적하게 달라붙을 정도로 땀을 냈으니 시원한 물 한 잔이 마시고 싶었지만 맥도날드에서는 물보다 콜라가 흔했

다. 콜라를 한 모금 마셨을 때 매장의 유리문이 벌컥 열리며 여학
생 하나가 들어왔다. 여학생은 들어오다 말고 손잡이를 잡은 채 뒤
에 친구라도 있는지 야, 빨리 와, 소리쳤다. 빨리 와, 소릴 들은 친
구는 아직 보이지도 않는데 웬만하면 문 좀 닫지. 저 개념 없는 매
녀하고는! 니들 눈엔 이 반팔 유니폼이 안 보이냐? 욕이 스멀스멀
목구멍을 기어올라 오려 할 때 개념 없는 여학생의 친구가 나타났
다. 콜라 컵을 카운터 아래로 내려놓고 주문을 기다리는데 여학생
들이 쪼르르 2층으로 올라갔다. 주문 없이 화장실만 이용할 가능
성 백 프로다. 저런 싸가지들!

　이렇게 짧은 욕으로 마무리 지은 건 여학생들 뒤로 중년의 아저
씨가 허겁지겁 들어왔기 때문이다.

　"빅맥 하나랑 불고기 하나 줘."

　대뜸 반말부터 하는 무식함이란!

　'이봐요, 아저씨, 알바한테는 반말 써도 된다는 특권이라도 있
는 줄 아세요?'

　이게 상상이라면 현실은 이렇다.

　"손님, 세트로 드릴까요?"

　내가 이 자리 아니면 너한테 존댓말 쓸 일도 없다, 란 생각을 하
며 지영은 손님을 바라봤다.

　"세트로, 빨리!"

　급하면 주문이나 똑바로 하시지. 지영은 그릴로 오더를 넣으며

손님을 살폈다. 처음에는 현금으로 하세요, 카드로 하세요, 꼭 물었지만 일을 하다 보니 그럴 필요가 없었다. 바쁜 손님들은 알아서 현금이나 카드를 꺼냈다. 이 무례한 손님 역시 지갑에서 카드를 내밀었다.

"앞에 있는 기계에 긁어 주세요."

손님은 매장 밖을 휙 쳐다보더니 신경질적으로 카드를 긁었다.

"옆에서 잠시만 기다려 주세요."

이제 막 주문했으면서 시계를 확인하는 진상 손님의 전형적인 모습도 잊지 않고 보여 주셨다. 아무리 패스트푸드라고 해도 번갯불에 콩 구워 먹듯이 나올 수는 없지 않은가? 그런데도 채 삼 분을 못 기다려 몇 번씩 시계를 보는 손님들. 그러니 혹시라도 카운터에서 주문 오더를 잘못 넣기라도 하면 낭패였다.

지영은 햄버거 세트를 넣기 위해 카운터 아래 포장 백을 집었다.

"그거 말고 옆에 4호 백 써."

언제 봤는지 보미가 옆에서 참견했다. 야, 손님 앞에서 꼭 그렇게 말하고 싶니?

"네."

하지만 마음과는 다르게 공손한 대답. 까칠한 지영 씨 컨셉은 다 어디 갔는지 알바 생활 한 달 만에 비굴함만 늘었다.

지영은 손님의 햄버거를 포장 백에 넣으며 감자튀김 하나를 손으로 짓눌렀다. 반말지거리에 대한 처절한(?) 응징이었다. 손가락에 기름이 묻었지만 냅킨으로 쓱 닦아 냈다. 이제 콜라만 넣으면 되는데 아휴 젠장, 하며 손님이 급하게 매장 밖으로 뛰어나갔다.

주차 단속반이 뜬 거다. 지영은 침착하게 포장 백을 내려놓고 다음 손님을 맞았다.

"주문 도와 드리겠습니다."

말을 하면서도 바깥의 상황을 상상했다. 중년의 손님이 돌아온다면 주차 단속 스티커를 발부받았다는 뜻이다. 이미 딱지를 뗐는데 햄버거까지 놓고 갈 리는 없으니까. 중년의 손님은 십 분이 지나도 돌아오지 않았다. 햄버거는 버렸지만 딱지를 끊지 않았으니 돈 번 셈 쳐야 할 거다. 아싸, 햄버거 두 세트 득템이다. 내일 친구들에게 돌리고 생색이나 내야겠다.

손님을 기다리며 매장 밖을 보니 노란 학원 차들이 줄줄이 서 있었다. 아니나 다를까 학생들이 몰려들었다. 하지만 학생들의 주문은 편하다. 자기가 쓰는 적립 카드를 꺼내 들고 메뉴도 정확하게 말한다. 지영이 오더를 넣고 있는데 2층에서 내려온 아줌마가 카운터로 다가오며 큰소릴 쳤다.

"여기 책임자 나와 봐. 도대체 청소를 어떻게 하는 거야? 여자 화장실 좀 가 보라고. 아주 더러워 죽겠어."

빨간 립스틱을 바른 아줌마는 오만상을 찌푸렸다. 로비를 정리하던 본강 오빠가 카운터로 왔다. 얼굴이 굳어 있었다.

"아까 청소하지 않았어? 가 봐."

시간을 보니 청소한 지 겨우 이십 분밖에 지나지 않았다. 지영은 급하게 2층 화장실로 뛰어 올라갔다.

오, 마이 갓! 빨간 립스틱 아줌마의 말이 오버가 아니었다. 세면대는 비누 때가 둥둥 뜬 채 물이 넘쳐흘렀고 그 주위는 물에 젖은 휴지로 가득했다. 그것으로 끝이면 다행이었을 텐데 거짓말 조금 보태 안개 낀 것처럼 자욱한 담배 연기까지, 정말 최악의 상태였다.

지각에 청소 불량까지 혼자 뒤집어쓸 판이었다. 먼저 세면대의 물을 뺀 다음 비누 때를 닦았다. 세면대 주위에 있는 휴지는 물을 먹을 대로 먹어 형태도 없었다. 곤죽이 된 휴지를 집는데 손에서 줄줄 흘러내리더니 바닥으로 떨어졌다. 그걸 다시 잡는데 미끄덩한 느낌이 제대로 더러웠다.

"아이 씨, 어떤 썅년이야?"

그동안 이미지 관리를 위해 꾹꾹 눌러 참았던 욕이 절로 나왔다.

"노스페이스 바막(바람막이 점퍼)이랑 빨간 뉴발란스!"

어느새 따라왔는지 보미가 뒤에 서 있었다.

"그게 뭐?"

갑자기 웬 쇼핑 목록이람? 보미의 소리에 지영은 멀뚱히 있었다.

"'쌍'년이 아니라 '쌍'년이라고. 아까 주문도 없이 2층으로 올라갔던 여자애 둘!"

보미는 검정색 매니큐어 바른 손가락을 브이 자로 벌렸다. 두명, 아까 그 애들? 그런데 그것들이 노스페이스랑 뉴발란스를 걸

쳤던가? 기억이 가물가물했다.

"기억 안 나?"

보미는 벽에 기대서 지영을 내려다보며 말했다. 세면대 아래에 쭈그려 앉은 지영 눈에 보미가 거대해 보였다. 이거 뭔가 꿀리는 듯한 구도다. 지영은 벌떡 일어나 보미 옆에 섰다.

"이 짓거리가 걔들 작품이라고?"

말을 듣는 순간 그 애들이 범인이란 느낌이 강하게 뇌리를 때렸지만 보미 말을 바로 인정하긴 싫었다.

"눈가에 스모키 화장 잔뜩 처바르고 나가더라구."

지영은 주문받느라 그 애들이 나가는 걸 보지 못했다. 물컹한 휴지 사이로 화장을 닦은 얼룩들이 눈에 띄었다. OK, 인정!

"담배는?"

"아마 담배도. 나가면서 열라 껌 씹고 있던데."

이런 잡것들을 그냥 확! 빨간색으로 'No Smoking'이라고 쓴 경고문까지 붙여 놨건만.

"주문도 없이 2층으로 가는 애들은 백 프로 공짜 손님이고, 그것들이 할 일이 뭐겠니? 이런 짓거리밖에 더 있냐고. 넌 한 달이나 했는데 아직도 감이 안 오니?"

얼굴만 보고도 감이 딱 오는 애가 뭐하러 맥도날드 알바 뛰니? 처녀 보살 간판 걸고 개업하지 그러셔.

지영이 휴지 곤죽 사이에서 끙끙대고 있는 걸 빤히 보면서도 보미는 손톱만 잘근잘근 씹었다.

"그것들 상습범 같으니까 기억해 둬. 그리고 얼른 치우고 내려와라."

완전 명령조의 말투. 아, 머리에서 김이 모락모락 나올 것 같다. 화장실에서 난장질을 한 애들보다 손가락 하나 까딱 않고 깐족대는 보미가 더 얄미웠다.

밀려드는 주문 속에서 헤매다 보니 8시 30분이었다. 그 시간부터 9시까지가 지영의 저녁 시간이었다. 저녁이라고 해 봤자 늘 햄버거 세트지만 배고파 돌아가실 지경이라 맛이 어떠니 따질 정신도 없었다.

크루 룸에 올라갔더니 먼저 휴식 시간을 받은 보미가 쉬고 있었다.

"이쯤이면 햄버거에 오만 정이 떨어졌을 텐데 이거 먹어."

보미가 날치알 삼각 김밥을 내밀었다. 뭐야, 겨우 이거 하나로 화해 무드를 잡겠단 거야? 이보미, 날 너무 우습게 봤구나.

당당히 거절해, 라고 뇌에서 명령을 내린 것 같은데 지영은 어느새 삼각 김밥의 비닐을 벗기고 있었다. 웬만하면 거절했어야 하는데 밥의 유혹이 너무 컸다. 매일 저녁을 햄버거만 먹어 보라고, 한 주먹도 안 되는 삼각 김밥이 얼마나 맛있는지 알게 될 테니.

지영이 허겁지겁 먹자 보미가 이번엔 비빔밥 맛 삼각 김밥을 건

넀다.

"너 먹으려고 산 거잖아?"

낚아채 오듯 받았으면서 이런 허세라도 부리면 좀 낫니? 민지영, 넌 도대체 웬 식탐이 이리 많냐? 이 굴욕의 순간도 배부르면 다 잊고 말 테니 그게 더 문제였다.

"부담 갖지 않아도 돼. 옆 편의점 알바한테 얻은 거야. 유통 기한 지난 건 알바가 처리해도 되거든. 나도 가끔 햄버거 갖다 주고."

유통 기한에서 겨우 두 시간 지난 김밥이었다. 먹어도 탈은 없을 테니 입에 넣고 우적우적 씹었다. 그나저나 편의점 알바랑은 언제 텄을까? 하여간 머리 하나는 참 잘 쓰는 계집애란 말이야.

지영이 먹는 동안 보미는 음악을 들었다. 고개를 까닥거리는 폼이 댄스 음악이라도 나오는 모양이었다. 얻어먹은 것도 그렇고 둘만 있는데 말 한마디 안 하는 것도 머쓱해 지영이 먼저 말을 걸었다.

"저기, 원래 그렇게 손님 얼굴을 잘 기억하니?"

명탐정처럼 용의자를 집어내는 보미의 기술이 신기했다. 보미는 한쪽 귀에서 이어폰을 빼더니 대수롭지 않은 듯 말했다.

"아니, 전혀! 걔들만 기억한 거야. 나의 로망이니까."

"로망?"

"노스페이스 바막, 빨간색 뉴발란스 운동화, 레스포삭 백팩. 캘빈클라인 안경."

뭐야, 한눈에 그 많은 걸 다 스캔했단 말이야? 지영이 보미의 스캔 실력에 놀라고 있는 동안 보미는 그건 또 언제 사냐, 에휴, 한숨을 쉬며 말했다. 지영이 너무 덤덤하게 굴었는지 보미가 고갤 갸우뚱했다.

"넌 그런 거 관심 없어?"

"난 너랑 달리 생계형 알바라서 그쪽은 관심 끊었다."

지영 말을 듣던 보미가 코를 찡긋했다. 이런 표정을 지을 때의 보미는 천진난만해 보였다.

"나도 생계형이야. 근데 난 학교를 끊었어. 내 로망을 포기할 수는 없었거든."

보미가 작년 말 학교를 자퇴했다는 건 근석을 통해 들었다. 그렇지만 경제적 이유로 그만둔 줄은 전혀 몰랐다. 캘빈클라인 티셔츠에 리바이스 청바지를 입는 아이에게 그런 사정이 있을 줄 누가 상상이나 할까? 단지 명품 몇 가지에 홀려 학교를 포기했다고? 알바를 하느냐, 학교를 다니느냐는 분명 선택의 문제가 아니었을 텐데…….

"뭘 그렇게 봐? 어차피 공부가 적성에 맞지도 않았어. 누가 돈 갖다 바치며 사정했어도 고갤 흔들 텐데, 내 돈 내면서 그 짓을 하라고? 난 싫어."

"아무리 그래도 졸업은 해야지."

"졸업? 졸업한다고 뭐가 달라지는데? 그래, 졸업장 하나는 갖겠지. 근데 그게 뭐? 그게 내 인생의 로또라도 돼?"

보미가 또박또박 받아치니 지영도 할 말이 없었다. 보미는 나머지 한쪽의 이어폰도 빼 버렸다.

"민지영, 솔직히 너도 공부 못하잖아. 대학은 갈 수 없을 만큼 멀리 있는데 괜히 용쓰는 척하는 거 웃겨. 그리고 여기서 일하는 이상은 넌 학생이 아니라 알바야. 제대로 매뉴얼도 못 익힌 주제에 지각할 때마다 담임 핑계나 대고, 시험 땐 스케줄 조정해 달라 민폐 끼치고. 그렇게 학생 티를 팍팍 내고 싶니? 차라리 근석이처럼 대학도 못 갈 거 돈이나 벌겠다고 까놓고 말해. 그게 훨씬 쿨해 보이니까."

말을 마친 보미는 휴식 시간이 끝났다며 휑하니 나갔다. 보미의 쌩한 태도가 눈치 보여 지영은 휴식 시간이 남았지만 그릴로 나왔다. 보미 말처럼 아직도 헷갈리는 소스들을 정리하고 콘 샐러드도 만들었다. 카운터를 힐끔 봤더니 보미는 여전히 생글거리며 주문을 받고 있었다. 그뿐이 아니었다.

"지영아, 나이트(야간 근무 시간) 되기 전에 근석이랑 2층 로비 좀 정리해 줄래?"

면박 줄 때는 언제고 친한 척 말까지 걸었다. 저 태연한 얼굴이라니, 정말 여우 주연상감이다.

불타는 속을 달래느라 틈틈이 콜라를 마시는 동안 알바가 끝나는 10시가 되었다. 콜라로 채운 속이 가스로 부글거렸다. 10시 이후로는 학생 알바가 금지라서 지영과 근석은 로비 정리를 끝내고 타임카드를 체크했다. 같은 나이지만 보미는 학생 신분이 아니라 자정까지 근무했다.

"안 바쁘면 피시방 갈래?"

정보 산업고에 다니는 근석은 상대적으로 성적에 대한 부담이 지영보다는 덜했다. 그나저나 이건 웬 작업?

"아무리 성적에 무심한 척해도 당장 코앞에 닥친 시험까지 무시할 순 없네. 어쩌냐, 혼자 가야겠는데."

"그럼 들어가라. 바이!"

근석은 두말 않고 뒤돌아서며 한 손을 들어 올렸다. 최저 시급으로 노동력을 제공하는 알바생의 끈끈한 동지애를 작업으로 착각하다니. 민지영, 너 외롭구나!

집에 가기 위해 길을 건넜다. 어느새 근석은 보이지 않았고, 건너편에 환하게 불 밝힌 맥도날드 매장에서 쌩쌩하게 카운터를 지키는 보미가 보였다. 지영은 눈에 힘을 팍 주고 째려봤다. 저 불여시 계집애를 어떻게 길들일까 고민하면서.

천근만근은 되는 듯한 다리를 끌며 집으로 향했다. 현관문을 여는 순간 무겁게 가라앉은 공기가 지영을 맞았다. 아니나 다를까, 안방으로 들어가니 엄마 눈이 퉁퉁 부어 있었다.

"왜 또?"

미운 소리부터 버럭 나왔다.

"별일 아니야. 지금 일하는 데서 내일부터 다른 사람 쓴다길래 열 받아서 한잔 마셨어."

며칠 전 남 부장 부인이 마트에 와서 한바탕 퍼붓고 갔다 들었는데 그 이유지 싶었다. 동네 작은 마트가 비정규직의 복잡한 사생활까지 참아 가며 고용을 보장하지는 않을 테니 말이다.

'그러게 남자라고 하나 잡아도 어쩨 그런 새낄 골랐냐고!'

지영은 엄마의 찌질한 연애 때문에 울화통이 터질 지경이었다. 이혼한 엄마의 연애를 이해 못 할 정도로 어리진 않았다. 그렇지만 아빠가 바람피웠다며 단칼에 이혼했던 엄마가 아니던가. 그러니 남 부장 부인에게 뭐라 할 말이 있을까? 아휴, 그냥 한숨만 나왔다.

"너무 걱정 마. 거기 아니어도 사람 구하는 데 많으니까. 당장 내일도 시장 안에 떡집 일 도와주러 가야 해."

"누가 그것 땜에 그래?"

안방 문을 부술 듯이 닫고 나왔다.

"밥 먹어야지."

엄마 목소리가 들렸지만 모른 척하고 방으로 들어와 이어폰을 귀에 꽂았다. 그리고 볼륨을 높여 음악을 들었다.

"내 귀에 캔디, 꿀처럼 달콤해. 니 목소리로 부드럽게 날 녹여 줘."

나도 누가 좀 녹여 줬으면……. 그래서 아무 흔적도 없이 사라져 버렸으면. 그래서 아무 고통도, 고민도 없었으면…….

앞날이 너무 뻔해. 대학 갈 성적도 안 돼, 돈도 없어. 졸업하면 어디 후진 회사라도 취직이 되려나? 아니면 여전히 맥도날드 알바로 있으려나? 볼품없이 살긴 싫은데……. 모두 지긋지긋해.

눈물이 주르륵 흘렀다. 정말 녹아서 없어지고 싶을 만큼 피곤했다.

눈을 떠 보니 자정이 지나 있었다. 음악을 듣다 책상 위에 엎드린 채 잠이 들었나 보다. 구겨진 교복을 갈아입고 안방 문을 살짝 열었다. 엄마는 자고 있었다. 허리를 굽혀 웅크린 채 잠든 모습이 쉼표 같았다. 지영이 들어온 소리도 못 듣고 자는 걸 보니 오늘 하루도 고단했나 보다. 엄마의 인생에도 쉼표가 필요할 텐데, 위자료도 안 챙기고 대책 없이 이혼한 엄마는 이런저런 알바로 쉼표 없이 일했다. 왕왕 저 혼자 떠들어 대는 텔레비전을 끄자 엄마가 깼다.

"배고프니? 밥 차려 줄까?"

"몇 신 줄 알고 아직도 밥 타령이야?"

엄마는 시도 때도 없이 배고프냐고 물었다. 알바를 처음 시작할 때 부모 동의서를 쓰면서도 저녁밥 걱정을 제일 많이 했다. 정신적 허기를 채우기엔 밥 한 그릇으론 턱도 없건만 엄마는 마냥 그 말뿐이었다.

쌀쌀맞은 대답 때문인지 일어서려던 엄마가 주춤하며 앉았다.

위에서 내려다보니 정수리 부분이 비어 있었다. 며칠 전 마트에서 벌어졌을 활극이 보지 않아도 훤했다. 임자 있는 남자를 욕심낸 대가란 걸 알지만 그걸 지켜보는 지영 맘도 참 고약했다. 지영은 말 없이 약통을 뒤져 연고를 찾았다.

"머리, 이쪽으로 해 봐."

튜브의 아랫부분을 누르자 하얀 연고가 위로 쏙 올라왔다. 지영은 연고를 듬뿍 덜어 내 엄마의 생채기 난 얼굴과 머리 속에 발라 주었다. 상처에 새살이 돋게 하는 연고라는데, 엄마의 머리카락이 다시 돋게 해 줬으면……. 내 맘의 상처도 덧나지 않게 해 줬으면…….

듬성듬성한 머리를 모자로 감춘 채 엄마는 일을 나갔다. 나가면서도 밥 챙겨 먹으라는 잔소리는 잊지 않았다. 그놈의 밥 소리는!

놀토라 텔레비전만 끼고 뒹굴고 있을 때 휴대폰이 울렸다. 보미였다.

"근석이 땜빵 뛸 수 있어?"

근석은 놀토에도 알바를 뛰었다.

"왜, 근석이 안 된대?"

"해, 못 해? 빨리 말해!"

보미의 성질이 뻗친 걸 보니 근석이 NCNS(No Call No Show) 상태였다. 오후에 기찬, 승효와 약속이 있었지만 당장 내년 학비도 어떻게 될지 모르는 상황이라 한 푼이라도 벌어 두는 게 나을 것 같았다.

"콜!"

"빨리 와."

인사말을 하기도 전에 보미는 전화를 끊었다.

근석에게 무슨 일이 생겼을까? 전화를 걸어 보려다가 그만뒀다. 전화를 받았다면 보미가 저렇게 화를 내지도 않을 테니까. 사정이 있어 알바생이 안 나오는 일이 가끔 있었지만 대부분 CNS(Call No Show)였다. 근석처럼 NCNS면 똑같은 펑크지만 잔소리의 양에서 엄청 차이가 났다.

지영은 빨래 통에 던져 놨던 유니폼을 챙겨 들었다. 퀴퀴한 냄새가 났지만 따질 겨를도 없이 매장으로 뛰었다.

주말은 매장이나 배달이나 바쁘긴 마찬가지였다. 카운터도, 로비도, 그릴도 모두 바쁘게 돌아갔다. 게다가 생일 파티처럼 단체 예약이 잡혀 있으면 정신 줄 놓을 정도로 힘들었다. 보미가 열 받은 이유는 생일 파티가 두 건이나 있는 날 근석이 빠졌기 때문이었다.

"그릴로 가서 빨리 햄버거 가져와. 난 올라간다."

숨을 헐떡이며 들어온 지영을 보고도 보미는 할 말만 하고 2층 파티 룸으로 올라갔다. 오늘 잘 좀 부탁해, 라는 간단한 인사도 못

하냐? 어째 인간이 저러냐, 쯧쯧, 혀를 찰 시간도 없이 지영도 그릴
로 향했다.

보미는 지영과 같은 크루지만 생일 파티를 도와주는 테스도 겸
하고 있었다. 크루들 중에서는 테스와 라이더(오토바이 배달 아르바이
트)가 시급이 많았는데 보미도 지영보다 많은 시급을 받고 있었다.
테스가 되려면 일단 예뻐야 한다. 그런 면에서 키 되고 얼굴 되는
보미는 확실히 유리했다. 어디서건 예쁜 것들은 편하게 살 수 있
다. 그 분명한 사실이 시급의 차이보다 더 가슴 아팠다.

지영이 햄버거가 수북이 쌓인 쟁반을 들고 2층으로 올라가니 본
강 오빠의 기타 반주에 보미가 탬버린까지 치며 생일 축하 노래를
부르고 있었다. 짧은 조끼 유니폼을 입은 보미의 잘록한 허리가 오
늘따라 무지 부럽다. 반달 모양으로 생글거리는 눈웃음까지. 보미
의 현실이 어찌 됐든 저 얼굴을 보면 마냥 행복해 보인다.

노래가 끝나고 아이들이 촛불을 끄고 케이크를 잘랐다. 지영은
아이들 앞에 햄버거를 하나씩 놓았다.

"뭐야, 불고기 싫은데. 치즈 없어요?"

"난 너겟 먹고 싶었는데."

치즈 다섯 개, 불고기 다섯 개, 맥치킨 세 개를 주문대로 갖고 왔
는데 그새 마음이 변한 아이들은 이게 좋다, 저게 좋다며 몸싸움을
벌였다.

갑자기 학생 주임의 실로폰 채가 생각났다. 학생 주임은 아침마

다 실로폰 채를 이용해 지각생들의 머리에 난타 공연을 펼쳤다. 맞는 애들은 죽을 맛이겠지만 통, 통, 통, 울려 퍼지는 그 소리에 보는 애들은 웃음이 터지곤 했다. 지영도 맘 같아선 그 실로폰 채로 아이들 머리를 한 대씩 때려 주고 싶었다. 아니, 그 전에 아주머니들에게 먼저 실로폰 채를 들고 싶었다. 난리 피우는 아이들을 말릴 생각은 않고 옆에서 커피 한잔씩 하는 아주머니들의 우아한 표정이라니, 참!

결국 한 녀석이 콜라 컵을 쓰러뜨리는 사고를 쳤다. 아, 오늘 인내력 테스트하는 날이구나! 그래도 어쩌겠어, 최저 시급 알바 주제에 뭔 소릴 하겠냐고. 자조하며 묵묵히 걸레질을 했다. 그런데 그때 커피 마시던 한 아줌마가 지영을 불렀다.

"학생, 어떻게 보이는 데만 치워? 저기 테이블 아래 좀 봐 봐. 아직도 콜라가 흥건하구만. 이러니 바닥이 끈적거리지."

저기요, 귀댁의 자녀 때문에 하지 않아도 될 일을 하는 건데요, 죄송하지만 입 좀 닥쳐 주실래요, 라고 말은 못 하고 못 들은 척 뒤돌아섰다.

옛날에 며느리 시집살이 비법에 장님 삼 년, 귀머거리 삼 년, 벙어리 삼 년이란 말이 있었다지. 그런데 그 노예근성의 매뉴얼이 21세기 알바생에게도 해당되니 오호 통재라! 이렇게 알바 생활 구 년 하면 성인의 반열에 오를 정도로 도를 닦을 거다. 세인트 크루 민지영, 저희에게 구원을 내리소서! 22세기엔 성인 민지영의 이름을 부르며 누군가 기도를 할지도 모르겠다.

아, 짜증 나, 아, 열 받아. 지금 지영 머릿속에 떠다니는 욕을 입으로 다 뱉어 내면 저 아주머니 혈압 올라 돌아가실 거다. 그러니 한 사람의 생명이 달린 일인데 어찌 함부로 입을 놀리겠는가? 못 들은 척 걸레질을 하는데 마치 지영에게 들리라는 듯이 볼륨을 조정해 내뱉는 아주머니의 말소리!

"저 계집애 좀 봐. 어른이 말하는데 대꾸도 안 해."

계집애? 대걸레 자루를 꽉 움켜쥐었다. 알바를 하면 돈을 벌지만 이렇게 욕도 번다. 그리고 마음속엔 입 밖으로 내보내지 못한 욕만 잔뜩 쌓인다.

썅! 실컷 처먹고 뱃살이나 늘어져라. 아주머니를 저주하며 테이블 밑으로 걸레를 들이밀었다.

그 시끄러운 와중에도 보미는 자체 발광하듯 존재감을 빛냈다. 보미의 한마디에 정리되는 아이들이 그저 신기하기만 했다.

"자, 이제 누나랑 게임할 거야. 걸리면 뿅 망치로 뿅뿅! 알았지?"

그게 뭐 웃긴 말이라고 아이들은 헤헤거리며 웃었다.

보미의 검은 속을 모르니 예쁘고 성격 좋은 누나로 보일 테지. 그리고 미래의 훌륭한 엄마처럼도. 불여시 같은 계집애!

생일 파티 단체 주문이 아니더라도 주문은 끝도 없이 들어왔다. 우리의 주식이 밥이라고 누가 그랬던가? 천만에, 21세기 대한민국의 주식은 햄버거다. 놀토의 햄버거 주문 개수는 상상을 초월할 정도니까. 얼마나 힘들었던지 휴식 시간에는 햄버거 먹을 힘도 없고 손가락까지 덜덜 떨렸다.

"넌 햄버거 안 먹어?"

새로 들어온 크루는 전문대를 휴학한 언니였는데 아직 매뉴얼을 익히지 못해 버벅거렸다. 오늘만 해도 보미 대신 서 있던 카운터에서 오더를 잘못 넣어 그릴에서도 짜증이 폭발 직전까지 갔다. 그것만으로도 '민폐형'인데 친근함으로 위장한 참견성 멘트까지 시도 때도 없이 날려 대는, 참으로 난감한 스타일이었다.

"고2라고 했지. 와! 너 좀 놀았나 보다. 도대체 구멍이 몇 개냐?"

알바 하느라 귀걸이도 빼 놓았건만 언제 봤는지 그걸 세고 있었다.

"논 건 아니고, 가슴이 답답해 몇 개 뚫었어요."

언니랍시고 대꾸해 줬더니 돌아오는 대답 또한 기가 찼다.

"그런다고 답답함이 풀리겠냐? 얘도 참!"

그럼 가슴을 뚫을까요? 가슴에 구멍을 낼 수는 없으니 귀에다 한 거라구요.

"그리고 너, 지금 알바 뛸 때 아니야. 한 자라도 더 파야 대학 문앞이라도 가지."

대학물 좀 먹었다고 어설프게 훈계하려는 폼이 꼴 보기 싫어 지영은 의자에 기대 잠든 척했다.

"아휴, 보습 학원 강사 자리라도 알아보든가 해야지. 이건 정말 힘들어 못하겠다."

그래, 혼자 떠들어라. 지영은 잠든 척하려다가 정말 잠에 빠졌는지 크루 언니가 흔들어 깨워서야 일어났다.

"너 입 벌리고 자더라."

하여튼 이 언니 예쁜 말만 골라 한다. 네 시간 삼십 분의 일을 마쳤을 땐 놀토에 알바는 미친 짓이다, 란 교훈이 강하게 남았다.

패스트푸드점에서는 모든 게 빨랐다. 손님들은 헐레벌떡 뛰어들어와 주문을 하고 빠르게 나온 햄버거를 급하게 먹고 누가 쫓아오기라도 하는 듯이 나가 버렸다. 그릴에서는 쉴 새 없이 패티를 굽고 감자를 튀기고 카운터에서는 지문이 없어지도록 주문을 넣고 계산을 했다. 빠르지 않은 건 용서할 수 없다는 듯이 모든 게 빨리 지나갔다. 그리고 무엇보다 시간이 가장 빠르게 지나갔다. 내가 지나간 것도 모르고 있었지, 메롱, 지영을 비웃으며 가을이 지났고 겨울이 왔다.

카운터에 손님이 없을 때면 문득 거리의 모습이 눈에 들어왔다. 행인들의 코트 자락을 날리는 세찬 바람도, 군고구마 드럼통의 연기도, 추위 때문에 움츠리며 걷는 사람들도 겨울이 왔음을 알려 줬다. 매장 유리문을 통해서 보면 한 편의 동영상 같았다.

"저기 봐. 꼭 마지막 잎새 같네."

센티한 걸 즐기는 신입 크루 언니가 매장 앞 가로수를 가리켰다.

몇 장 남지 않은 잎이 세찬 바람 속에서도 꿋꿋이 매달려 있었다. 크루 언니 말에 근석이 물었다.

"그거 소설 말하는 거죠? 근데 마지막에 낙엽이 남아 있어요, 아님 떨어지는 걸로 끝나요?"

세상에! 근석은 아예 내용도 모르는 눈치였다. 그나마 근석은 나은 편이었다. 딜리버리 나갔다 돌아온 오빠가 근석에게 다가가 주먹을 들이댔다.

"야! 내 앞에선 낙엽 얘기 꺼내지도 마. 배달 다녀 봐, 골목마다 웬 낙엽이 그렇게 많은지. 아주 질린다 질려. 빗길에 낙엽까지 있으면 미끌미끌 돌아 버릴 지경이거든. 지난번 현기 사고 봤으면서 한가하게 그런 소릴 하냐?"

근석의 무식함이나 라이더의 고생담이라면 몰라도 신입 크루 언니의 센티멘털 감성은 맥도날드에서 통하지 않는다.

알바 주제에 웬 고상함이람, 뜨악하게 보는 보미의 눈길을 아는지 모르는지 자신의 지적인 고고함에 취한 신입 언니는 풀어진 눈빛으로 어두워진 거리를 내다봤다.

지영도 신입 언니의 센티멘털에 고개를 끄덕일 수 없었다. 확 떨어져 버리든가 아니면 흔들리지 말든가, 금방이라도 가벼운 몸을 떨며 바람 속으로 달아날 것 같은 나뭇잎이 아슬아슬해 보였다.

낙엽 한 장으로도 누구는 센티해지고, 누구는 이를 갈고, 누구는 심란해지는구나.

매장에 흐르는 발라드 가요에 따라 흥얼거리던 잠깐 동안의 휴식은 배달 오더가 뜨면서 끝이 났다.

"시장 앞 드림 아파트면 여기구나."

배달 가능 구역 지도를 확인한 후 헬멧을 쓴 라이더 오빠가 배달 봉투를 챙겨 들고 나갔다.

'가시는 걸음걸음 놓인 낙엽을 사뿐히 즈려밟고 가시옵소서.'

시라도 읊어 주고 싶었다.

그때였다. 라이더 오빠와 엇갈리며 승효가 매장 안으로 들어왔다. 처음에는 승효인 줄도 몰랐다. 쪽팔리게 주문 도와 드리겠습니다, 란 말까지 하고 나서야 알아봤다. 이래서 습관이란 무섭다.

"너 뭐야, 말도 없이."

다른 크루들의 눈치가 보여 말이 퉁명스럽게 나왔다.

"좀 있으면 휴식 시간이지? 기다릴게."

시계를 보니 8시 20분이었다. 승효는 아메리카노 한 잔을 주문한 뒤 자리에 앉았다.

"누구야? 남친이야?"

가뜩이나 손님이 없어 심심하던 차에 다들 건수를 잡은 듯이 물어 왔다.

"몰라도 돼."

거짓말이 아니었다. 승효가 남친인지 아닌지 지영도 헷갈렸다.

"폴로 다운 파카에 타미힐피거 운동화, 그리고 상표가 안 보이긴 하지만 아마 저 바지 트루릴리전일걸?"

명품 백과사전 보미는 벌써 승효의 패션 아이템을 꿰뚫고 있었다. 보미가 뭐라 하건 지영은 대꾸도 안 했다. 그저 무안함에 내려온 앞머리를 입바람으로 불어 넘겼다. 무안함이여 사라져라, 후후!

대뜸 승효가 끌고 간 곳은 매장 뒤편의 돈가스 전문점이었다. 시간 맞춰 미리 주문해 둔 덕에 따뜻한 돈가스 정식이 기다리고 있었다.

"기찬인 바쁘대?"

승효가 고개를 끄덕였다. 기찬이 때문에 승효를 알게 됐건만 요즘은 기찬이 얼굴 볼 일이 드물었다.

"너, 내 취향 아니거든. 그러니까 너랑 나는 온리 프렌드일 뿐이야. 알았지?"

누가 뭐라 했냐고. 나도 프렌드를 원했던 것뿐인데. 지영을 볼 때마다 정색하며 선을 긋던 기찬. 기찬은 집안 문제 때문인지 타인을 향해 마음을 여는 데 인색했다. 기찬이 꽁꽁 걸어 잠근 비밀의 방 같다면 승효는 24시간 열려 있는 맥도날드 매장 같은 아이였다. 언제나 들어갈 수 있는 그런 아이. 자신의 마음을 열어 줄 수 없어 미안해 그러는 걸까? 기찬과 약속을 잡고 나오면 항상 승효가 대신 있었다. 짜식, 아직도 이런 고전적인 수법을 쓰다니. 그래도 지영으로선 상관없었다. 승효도 굿 프렌드니까.

"잠깐만. 기찬이한테 이거 찍어 보내고."

지영은 돈가스 정식 사진을 찍어 기찬에게 전송했다. '먹고 싶지롱!'이란 문자도 함께.

포크를 들고 돈가스를 자르려 할 때 기찬의 답 문자가 도착했다. '차곡차곡 체지방 쌓이는 소리가 여기서도 들리는걸. 많이 드셔.'

이런 문자를 보내다니, 역시 프렌드구나. 온리 프렌드 앤 굿 프렌드. 언젠가 기찬의 마음도 누군가 두드리는 노크 소리에 활짝 열릴 날이 있겠지.

지영은 큼직하게 자른 돈가스를 기분 좋게 먹었다.

"골고루 먹고 싶어서 난 해물 우동 시켰으니까 내 것도 먹어."

그런 걱정은 붙들어 매셔도 되는걸. 알바 하면서 느낀 건 햄버거 빼고는 다 맛있다는 거고, 이 정도면 진수성찬이다.

"고마워서 눈물 나려고 한다. 내 햄버거 줄 테니까 집에서 먹어."

"오케이!"

바삭한 돈가스와 매콤한 깍두기, 그리고 따뜻한 우동까지 환상이었다. 무엇보다 승효의 마음이!

누가 보면 빨리 돌리는 화면인가 착각할 정도로 허겁지겁 먹었다. 다 먹고 났을 땐 무려 휴식 시간이 십오 분이나 남아 있었다. 승효가 남겨 온 아메리카노로 입가심을 하고서야 음, 쩝쩝, 맛있다, 앗 뜨거 같은 단음절이 아니라 대화란 걸 할 수 있었다.

"알바, 언제까지 할 거야?"

승효 표정이 진지했다. 내가 너랑 같냐, 란 말은 삼키고 싱긋 웃었다.

"넌 공부 잘돼?"

"말 돌리지 말고. 지영아, 내년이면 고3인데 대학도 생각해야지?"

"내 성적에 무슨?"

말은 그렇게 했지만 공부에서 아주 손을 놓은 건 아니다.

"성적이 문제가 아니라 대학 갈 마음 있으면 미안해도 엄마 도움 받으면서 공부하는 게 맞고."

"아니면?"

아니면, 그게 아니면 난 어떻게 해야 되니?

"아니면……."

너도 대답 못 하잖아. 우리나라 고3들은 대학을 가느냐 못 가느냐 왜 두 가지 길밖에 없을까? 지영은 다 먹은 아메리카노 컵 끝을 손톱으로 꾹꾹 눌러 모양을 망가뜨렸다.

"너도 뭔가 하고 싶은 게 있지 않아?"

예상치 못한 질문은 언제나 공격적이다.

"글쎄."

정말로 '글쎄'였다. 마음의 준비도 안 됐는데, 가야 할 방향도 못 찾았는데 덜렁 경주에 나와 버린 꼴이었다. 남들이 뛰니까 덩달아 뛰는데 어디로 가는지도 모르는. 여러분, 나는 지금 어디로 가 있나요? 아무나 붙잡고 묻고 싶은 맘이었다.

"야, 휴식 시간 끝났어."

휴식 시간 끝난 게 이렇게 고맙다니……. 승효의 곤란한 질문을 벗어날 수 있어 다행이었다.

승효 몫까지 1.5인분의 든든한 식사 뒤에 원수들을 만나게 된 건 행운이었다. 그릴 담당 크루가 휴식 시간이라 지영이 대신 패티를 굽고 있을 때 보미가 옆으로 왔다.

"원수들 떴다."

옆구리를 쿡쿡 찌르는 보미는 흥분 상태였다.

"누구?"

"잊었어? 화장실 사건!"

담배 연기와 휴지로 화장실에 난장을 부려 놨던 그 애들, 그러니까 그것들이 다시 매장에 왔다는 빅뉴스였다.

"지금 어딨어?"

다 구워진 패티를 옆으로 옮기며 지영은 1층 로비를 살폈다.

"또 2층으로 직행했어."

"그릴 좀 맡아 줘."

소매를 걷어붙이며 나가려는 지영을 보미가 잡았다.

"기다려. 그것들이 작업할 시간을 줘야지. 아니면 뭘로 꼬투리 잡을래?"

역시 보미는 사회 물을 더 먹어서 그런지 머리가 잘 돌았다. 딱 50까지만 세고 올라가기로 했다.

"32, 33…… 46, 47, 48, 49, 50. 흡!"

크게 숨을 들이마셨다. 너흰 오늘 이 민지영에게 다 죽었다.

2층에 올라가 손님들부터 살폈다. 여학생 둘이 나란히 앉아 있는 테이블은 없었다. 그렇다면 틀림없이 화장실이다. 혹시나 물먹을까 걱정했던 지영은 주먹을 불끈 쥐었다. 하하하! 너희는 이제 독 안에 든 쥐다. 지영은 벌컥 문을 열어젖혔다.

"저기요! 도대체 여기서 뭐 하는 짓이에요?"

스모키 화장법으로 진하게 아이라인을 그려 넣던 여자애가 지영의 갑작스러운 방문에 놀랐는지 헛손질을 했다. 잘못 그린 아이라인이 옆으로 삐져나와 눈가가 피에로처럼 우스꽝스러웠다. 푸훗, 하마터면 웃음이 터질 뻔했다.

그런데 한 명은? 화장실 안에서 급하게 물 내리는 소리가 들리더니 다른 여자애가 나왔다. 누가 봐도 지금 막 한 대 피웠구나 알 수 있는 냄새가 진하게 풍겼다.

"너희들 영어 몰라? 여기 금연이라고 쓰여 있는 거 안 보여?"

이 정도면 현행범이니 조금 세게 나가도 괜찮을 것 같았다.

"전 화장만 고치고 있던 건데요."

피에로, 혼자만 살겠다고 친구를 배신해? 화장실에서 나온 친구가 피에로를 째려봤다. 걱정 마라, 이 민지영이 네 친구를 봐줄 일은 없을 테니까.

"그럼 얘만 혼자 담배 피웠단 말이야? 그리고 넌 여기가 쓰레기통으로 보이니?"

세면대 주위에 가득한 휴지를 손가락으로 가리키자 피에로가 한발 물러섰다.

"이건 치울게요. 그렇지만 손님이 화장실 이용하는 게 잘못된 건 아니잖아요?"

요거 은근히 말발 세네. 지영은 눈가에 힘을 빡 주고 레이저를 발사했다. 그런데 레이저 효과가 없었던가? 피에로의 말대꾸에 기운을 얻은 듯 화장실에서 나온 친구도 덩달아 지영을 몰아붙였다.

"그리고 보아하니 우리 또래 같은데 왜 자꾸 반말이야? 손님한테 이래도 되는 거야?"

가만있자, 크루 매뉴얼에 손님 응대할 때 존댓말 쓰라고 나오긴 하던데…….

"자, 이러면 됐지?"

재빠르게 휴지를 버린 피에로가 지영을 노려봤다. 왠지 수세에 몰린 듯한 느낌.

"아무리 손님이라도 금연 구역에서 담배를 피우시면 어떡해……요?"

생뚱맞게 이 상황에 웬 존댓말? 민지영, 너 벌써 기가 죽은 거야? 서당 개 삼 년이면 풍월을 읊는다더니 크루 생활 몇 달 만에 손님을 왕으로 모시는 시녀라도 된 거야?

그래도 겨울 나뭇잎처럼 불안하게 달랑거리는 자존심은 있어서 끝에 '요'자는 아주 작게 붙였다. 지영의 태도에 피에로와 친구가 의미심장한 미소를 지었다.

"진즉에 그럴 것이지. 무슨 알바가 손님을 이렇게 우습게 알아?"

왜 스토리가 이렇게 흘러가지? 지영의 머릿속에 있던 원작은 이 두 원수가 손이 발이 되게 싹싹 비는 걸로 끝나는 건데.

"개뿔! 손님은 무슨?"

반전의 서막을 알린 건 보미였다. 지영은 일단 보미가 들어오자 수적인 열세를 만회할 수 있어 마음이 놓였다.

"이건 또 뭐야? 여기 매장은 손님한테 막 대하는 게 전통인가 봐. 나 참, 어이없네."

어느새 완전히 기운을 되찾은 친구까지 겁도 없이 말했다.

"여긴 햄버거 가게야. 당연히 햄버거를 먹었어야 손님이지. 너희 뭐 주문했어?"

맞아. 주문도 안 한 것들이 무슨 손님이라고 그렇게 유세를 떨었어?

보미의 한마디에 피에로와 친구는 눈에 띄게 당황했다.

"주문하려고 했어……요."

피에로가 작게 말했지만 전세는 지영 쪽으로 기울었다. 보미의 노숙한 이미지도 단단히 한몫을 하는지 원수들도 좀 전의 지영처럼 어정쩡하게 '요'자를 붙였다.

"아직 안 했다는 건데, 그럼 손님이 아니네. 그리고 여긴 너희 같은 날라리들이 마음대로 드나들며 담배 피우는 데 아니거든."

기회가 왔다. 지영은 다시 전의를 불태우며 한마디 보탰다.

"금연 구역에서 담배 피우는 것도 벌금 물리던데, 보미야, 그거 얼마냐?"

궁지에 몰린 쥐새끼를 놓고 어떻게 요리할까 레시피를 궁리하는 고양이처럼 지영은 상황을 느긋하게 즐겼다.

"뭘 그렇게 복잡하게 만드냐? 교복 보니까 근처 학굔데 거기로 전화 한 통 때리는 게 빠르지."

협박 듀엣으로 데뷔해도 될 정도로 보미와 죽이 잘 맞았다. 그런데 너무 몰아세웠나?

"우리 담배 피우는 거 니들이 봤어, 봤냐구?"

피에로가 얼굴을 들이밀며 대들었다. 아주 저게 까불어, 생각했는데 왠지 모르게 싸한 느낌이 밀려왔다.

피에로가 휴지는 치웠고 그사이 담배 냄새는 상당히 옅어져 있었다.

"너 여기서 나왔잖아?"

지영이 화장실 문을 여는 순간 아까 변기 물 내리던 소리가 생각났다. 분명 거기다 꽁초를 버렸겠지?

아니나 다를까, 피에로 친구도 제법 여유를 되찾았는지 거들먹거렸다.

"볼일 본 것도 죄냐?"

지영은 보미를 쳐다봤다. 지영이 당황한 것과는 다르게 보미는 가소롭다는 듯 웃었다.

"담배를 안 피웠단 말이지? 그렇게 당당하면 병원에 가서 니코틴 검사 한번 받아 보든가. 언제 마지막으로 피웠는지까지 다 나온다니까 정확하게 가리자고. 지영아, 건너편 병원 늦게까지 하지?"

보미의 느닷없는 질문에 지영 또한 태연히 답했다.

"당연하지. 야간 진료하잖아."

"됐어. 우리 지금 바쁘니까 없던 일로 하자."

대충 얼버무리며 화장실을 빠져나가려는 피에로와 친구를 막기 위해 지영은 두 팔을 벌렸다.

"비켜!"

"못 비켜!"

"아, 바쁘다구!"

"사과하기 전에는 절대 못 비켜!"

시간이 길어질 것 같아서 그랬는지 보미가 점장님을 불러왔고 두 원수들은 조용히 점장님과 면담을 했다. 말이 면담이지 일방적으로 혼나는 거였지만.

"보미야, 근데 정말 니코틴 검사란 게 있어?"

"으이구, 그걸 믿냐?"

뻔뻔함도 무기인 보미 계집애. 보미가 먼저 지영을 향해 손바닥을 내밀었다. 승리를 축하하며 하이 파이브!

다시 카운터에 서고 나서야 승효를 봤다.

"너 안 갔어?"

"햄버거 준다며? 그거 받아서 기찬이 주려고 가다가 돌아왔어."

혹시라도 원수들과의 일전을 본 건 아닌가 싶었는데 승효는 별말이 없었다. 지영이 주섬주섬 자기 몫의 햄버거를 챙기는데 보미가 다가왔다.

"좀 있으면 종룐데 기다리라고 해. 한바탕 전쟁 치르느라 힘들었는데 남친이랑 같이 가면 좋잖아."

'남친'이란 보미 말에 승효는 싫지 않은 눈치였다.

보미 말이 사실이었는지 마감을 하고 나가는 지영 몸이 물먹은 솜처럼 무거웠다. 승효의 느린 발걸음보다 지영이 더 처져 버렸다.

"만날 그런 일이 벌어지는 건 아니지?"

의뭉스러운 자식, 다 봤으면서 내색도 안 하다니.

"처음이야. 만날 그러면 어떻게 알바 하냐?"

"그렇긴 하네. 여기도 파리처럼 하면 알바생들이 좀 편할 텐데……."

승효는 부유한 집안의 도련님답게 부모님과 해외여행을 자주

갔다.

"파리 맥도날드?"

전 세계 곳곳에 있는 맥도날드 매장이 일률적으로 관리가 되는 건 공통의 매뉴얼이 있기 때문이다. 알바들이 많아도 매뉴얼이 있기 때문에 관리직 몇 명만 있으면 매장 운영이 가능했다. 그런데 파리라고 다를까?

"응. 메뉴야 공통이니까 다를 게 없는데 파리 맥도날드는 손님만 화장실을 이용할 수 있어."

"설마 화장실 앞을 크루들이 지키는 건 아니지?"

상상만으로도 싫어 지영은 어깨를 부르르 떨었다.

"당연하지. 계산하고 받는 영수증에 화장실 비밀번호가 찍혀 있어. 그러니까 주문을 한 손님이 아니면 화장실에 들어갈 수 없지."

아까 그 원수들처럼 주문도 안 하면서 손님이라고 큰소리칠 일은 없겠구나. 당연히 화장실도 깨끗하겠지?

"환상이네. 근데 너무 야박해 보인다."

"좀 그렇지?"

밤바람이 차가웠다. 지영은 코트의 깃까지 세워 올렸다.

"승효야, 겨울에 등산 학교 가고 싶다더니 알아봤어?"

불편한 다리만 보면 믿기 어렵겠지만 승효는 언젠가 K2에 오르겠다는 단단한 꿈을 품고 있었다.

"엄마가 난리치는 거 보고 말도 못 꺼냈어. 그보단 다른 계획을 세울까 하고."

"뭐?"

"지금이 아니면 못 하는 일."

"그게 뭔데?"

승효는 씨익 웃더니 더 이상은 말을 아꼈다. 그래, 말하지 마라. 하나도 안 궁금하다. 그런데 열여덟의 마지막, 지금이 아니면 못 할 일이 뭐가 있을까?

방학을 앞두고 보미는 지영에게 쇼킹한 뉴스를 알렸다. 보미는 일부러 지영과 같은 시간에 마감을 하더니 근처 커피 전문점으로 데리고 갔다.

"아휴, 네가 학교를 안 다녀야 생맥줏집에라도 가지. 하긴 오랜만에 마시는 커피도 괜찮긴 하다."

원수들과의 전쟁 이후 지영은 보미와 많이 가까워졌다. 맥도날드에선 천덕꾸러기 알바끼리 뭉치지 않으면 살기 힘들었다.

"빅뉴스라니 뭔데?"

뭔가 중대한 발표가 있을 거라던 보미는 쉽게 말을 꺼내지 못했다. 카푸치노를 한 모금 마신 보미 입술에 하얀 거품이 묻었다.

"나 집 나왔어."

가출 소녀의 고백치고는 담담했다. 그래도 어쨌거나 좋은 소식은 아니므로 얼굴을 찡그렸다.

"보미야, 우리 집 분위기도 장난 아니야. 그래도 그냥 버티는 거야. 집 나와 봤자 갈 곳도 없으니까. 넌 어쩔 건데?"

그런데 무슨 꿍꿍인지 보미는 싱긋 웃기까지 했다.

"나 본강 오빠랑 같이 살 거야."

스윙 매니저 오빠랑 그렇고 그런 사이였다고? 언제부터? 머릿속에 물음표 여러 개가 마구 떠올랐다.

"같이 산다니, 무슨 말이야?"

"결혼은 아니고, 일단은 동거."

동거는 같이 산다는 뜻일 뿐인데도 왜 이리 야한 느낌이 들까?

"동거라고 하면 본강 오빠랑 그러니까, 뭐냐……."

그래서 말까지 더듬거리고.

"아휴, 순진하기는. 그래, 섹스도 하는 거 맞어."

멍하게 있던 지영이 정신을 수습하고 겨우 한 말은 그래도 돼, 였다.

"안 될 게 뭐 있어? 우리 두 사람 서로 사랑하고, 사랑하니까 같이 있고 싶고, 그래서 결국 같이 살기로 한 건데."

보미가 학교를 안 다니긴 해도 아직 미성년잔데…….

"우리 열여덟밖에 안 됐잖아."

"좀만 있으면 열아홉이거든. 그리고 열여덟이든 열아홉이든 그게 무슨 상관이야? 너, 춘향이랑 이 도령이 한창 섹스에 빠져 있을 때가 몇 살인지 알아? 이팔청춘 열여섯이었다구. 난 그보다 두 살이나 더 많은걸."

본강 오빠는 스물두 살. 보미보다야 많지만 아직 어린 나이였다. 겨우 자취방 하나 있을 뿐인.

"보미야, 꼭 지금이어야 해?"

"지금 사랑하니까 지금 같이 있고 싶은 거야."

지영이 손도 못 대는 사이 보미는 카푸치노를 잘도 마셨다.

"결혼은 그렇다 쳐도 혼인 신고는 어쩔 거야?"

"오빠가 좋긴 하지만 아직 결혼 생각까지는 없다니까."

"그러다 아기 생기면 어쩌려고?"

"너도 참, 걱정도 팔자다. 당연히 피임해야지. 오빠나 나나 돈 벌어야 해. 오빠는 군대도 가야 하고."

사랑이란 감정도 현실로 들어오면 이렇게 구질구질한 얘기로 전락하는구나. 왠지 서글펐다.

"집에선 뭐라서?"

"난리 났지. 학교 그만둔다고 했을 때보다 백배는 더 반대하셨을걸."

보미는 정말 남다른 열여덟 살을 보내고 있었다.

"어쨌든 이보미 고집에 두 손 두 발 다 들고 말았지 뭐."

보미가 혀를 날름 내밀었다. 주민등록증 나왔다고 이제 어른이라며 좋아하더니 이럴 땐 마냥 어린애 같다.

"하여간 불효 컨셉은 여전하구나."

"민지영, 너도 만만치 않아. 너네 엄마 전화 올 때마다 네 얼굴 저승사자로 변하는 거 알아? 따지고 보면 엄마가 무슨 죄니?"

'누가 누가 잘하나' 불효녀 편도 아니고, 둘이서 뭐하는 짓거린지, 원!

"지영아, 넌 수능 준비는 어쩔 거야? 엄마랑은 얘기해 봤어?"

알바를 계속할까, 그만둘까 보미에게 고민을 말했었는데 지영은 아직 결론을 내리지 못했다.

"난 왜 이러니? 대학을 포기도 못 하면서, 그렇다고 공부를 열심히 하지도 않고. 이런 내가 참 한심스럽다."

"신중한 게 나쁜 것도 아닌데 뭘. 그렇지만 너무 오래 망설이진 마."

그때 본강 오빠의 전화가 걸려 오자 보미는 잠깐만, 이라며 밖으로 나갔다. 계집애, 알바 하면서 언제 연애까지 했을까. 카페 유리문을 통해 환하게 웃으며 통화하는 보미 얼굴이 보였다.

"미안, 본강 오빠가 그동안 숨겨서 미안하대."

잠시 후 들어온 보미의 볼이 발그레했다. 추위 때문인지 사랑의 힘 때문인지 모르겠지만, 아무튼.

"그나저나 이보미, 네 로망은 이제 물 건너갔네."

루이비통 백, 샤넬 지갑, 프라다 머플러, 페라가모 구두……. 보미가 눈을 반짝이며 말하던 명품을 사 줄 백마 탄 기사는 저 멀리 사라지고, 그 자리엔 맥도날드 스윙 매니저인 본강 오빠가 들어왔다.

"미쳤어! 그걸 내가 어떻게 포기해? 알바비 삼 개월만 더 모아서 엠시엠 백 살 거야. 어쩌겠니? 얌전히 왕자를 기다릴 조신한 성격이 못 돼서 이런 걸. 앞으로도 쭉 알바 신데렐라로 살아야지."

지영이 얼굴을 찌푸리자 보미는 과장되게 웃으며 말했다.

"걱정 마. 본강 오빠 사람 좋잖아. 내 걱정도 많이 하고. 지금도 자꾸 검정고시 보라고 꼬시는데 그건 싫어. 내가 정말 필요하면 스물이건 서른이건 그때 해도 되지 않을까 싶어서."

아직 군대도 안 간 남친과 월세 자취방에서 미래를 기약할 수 없는 사랑을 시작한 보미. 오로지 '지금'에 충실한, 보미는 그런 아이였다.

미래를 알 수 없기는 지영도 마찬가지건만 왜 이리 한 걸음 떼기도 두렵고 망설여지는 걸까? 결국은 미래도 '지금' 이 순간들이 쌓여서 만들어지는 것뿐인데.

야간 알바까지 뛰느라 다크서클이 점점 짙어지는 보미는 본강 오빠 얘기만 나와도 좋아서 이죽거렸다. 그렇게 좋을까 싶을 만큼. 춘향과 이 도령보다 더 많은 장애물이 쌓여 있을 테지만 보미의 사랑도 축복받았으면 좋겠다.

"보미야, 행복해라."

갑자기 딸 시집보내는 엄마의 심정이라도 된 듯 울컥했다.

"너무 웅크려 앉아 있었더니 아직도 무릎이 아파."

승효가 무릎을 두드리며 구시렁거렸다.

본강 오빠의 자취방은 우리 넷이 겨우 들어갈 만큼 좁았다. 거기에 삼겹살 굽는 불판까지 가운데 놓았으니 편하게 양반 다리를 하고 있을 수는 없었다. 그렇게 몇 시간을 끼워 맞춘 레고 블록처럼 옴짝달싹 못 한 채 있었으니 다리가 아플 만도 했다. 그렇지만 지영 성격에 가만히 듣고 있지는 않았다.

"그럼 자취방이 호텔급이라도 될 줄 알았냐? 사람마다 다 사는 방법이 다른 거라고."

보미가 남친 좀 정식으로 공개하라며 하도 졸라서 데려왔구만 툴툴거리기는……. 어쨌든 작은 방에서 벌인 삼겹살 파티는 조촐했지만 충분히 즐거웠다. 승효도 지영도 진심으로 둘의 행복을 기원했다.

때 이른 캐럴이 흘러나오는 지하철역을 지나는데 군고구마 냄새가 확 풍겼다.

"저거 몇 개만 사자."

지영 말에 승효가 입을 쩍 벌렸다. 삼겹살을 그렇게 먹었는데 뭘 또 먹냐는 얼굴이었다.

"입 다물어. 엄마 사 드릴 거야."

저소득층에 이혼녀, 엄마의 짐은 왜 그리 무거울까?

"엄마랑 화해했나 보네."

"화해는 무슨? 같은 처지끼리의 동지애라고 생각해라."

거기에 비정규직까지. 그것만으로도 충분히 힘들 텐데, 죽어라고 말 안 듣는 딸년까지 있어 더 심난한 엄마의 삶에 달달한 고구마 몇 개가 위로가 된다면 얼마나 좋을까?

"방학 때도 알바 할 거야?"

"그럼."

대답이 맘에 들지 않았는지 승효 얼굴이 굳어졌다. 그렇지만 곧 어쩔 수 없다는 듯 어깨를 으쓱했다.

"2월까지만 할 거야. 3월부터는 지옥의 고3 레이스에 한번 동참해 볼란다."

"정말? 잘 생각했어. 수능 준비할 거면 하루라도 빨리 그만두지 그래?"

"그때까진 알바 해서 돈 모을 거야. 그래서 반은 일 년짜리 인터넷 강의 수강하고 또 반은 다른 데 쓸 거야. 돈 쓸 일이 생겼단 말이야."

"뭔데?"

승효 앞에서 말하기 쑥스러워 지영은 피식 웃었다.

"여행 갈 거야. 대학에 붙은 다음에 가면 더 좋겠지만 떨어져도 꼭 가려고."

생뚱맞은 이야기라도 들은 것처럼 승효 눈이 커졌다. 하긴 K2에 오르겠다는 승효의 꿈만큼은 아니어도 얼토당토않은 얘기긴 하다.

"파리에 갈 거야."

뾰족한 에펠 탑을 어디서건 볼 수 있고, 베레모를 쓴 거리의 예술가들이 있는 몽마르트르 언덕을 걸을 수 있고, 루브르 박물관에선 가슴 뛰게 하는 예술 작품을 볼 수 있는 파리. 그 파리에 꼭 한 번 가 보고 싶었다.

"파리? 예술의 도시, 낭만의 도시, 파리! 좋지. 지영아, 파리 어디 가고 싶은데?"

"그냥 어디든 좋아. 개선문도 보고 싶고, 노트르담 성당도 가 볼 거야. 그리고 맥도날드도 들르고."

"뭐야, 파리까지 가서 시시하게 햄버거 먹겠다고?"

지영은 승효 말에 천천히 고갤 저었다.

'승효야, 나는 맥도날드에서 땀도 흘렸고 눈물도 흘렸어. 그리고 돈도 벌고 욕도 벌었어. 그렇게 번 돈으로 파리에 가는 거야. 파리에 가면 제일 먼저 명품 샵들이 즐비한 샹젤리제 거리를 실컷 쏘다니며 아이쇼핑을 해야겠지? 명품 백과사전 보미가 들으면 배 아파 죽으려 할 텐데, 히히! 미친 듯이 파리를 돌아다니다 출출해지면 다른 데도 아닌 맥도날드에 들어갈 거야. 거기서 알바들은 못 먹는, 돈 주고 사야만 먹을 수 있는 베이컨 토마토 디럭스 세트를 시켜 먹을 거야. 그러고 나서 들를 곳은 바로, 화장실! 영수증에 비밀번호가 적혀 있어 손님만 갈 수 있다는 그 화장실은 어떨까? 알바생이 아니라 손님으로 파리의 맥도날드에 간다니 생각만 해도

짜릿해. 그 기분, 승효 넌 죽어도 모를걸? 그러니까 나한테 햄버거는 결코 시시하지 않아.'

승효는 맥도날드라, 몇 번을 혼잣말로 중얼거렸다.

"어쨌든 뭔가 열심히 하려는 모습이 맘에 든다."

승효가 미소를 지으며 고갤 끄덕였다. 나의 미션 임파서블 같은 거창한 꿈을 비웃지 않아 줘서 진심으로 고마웠다.

"너야말로 이번 겨울엔 대단한 계획을 세울 것처럼 말하더니 뭐 좀 짰냐?"

무슨 어려운 질문이라고 승효는 대답도 않고 지영을 뚫어지게 바라봤다. 눈빛에 열기가 있을 리도 없건만 지영의 얼굴이 따뜻해졌다.

"지금이 아니면 안 되는 일을 할 거야."

"그러니까 그게 뭐냐구?"

"여친과 함께 겨울 보내기!"

유치찬란한 닭살 멘트하고는! 임승효, 이런 어설픈 작업에 내가 넘어갈 줄 알았니?

하지만 빙고!

"그거 혹시 내 도움이 필요한 거니?"

뻔뻔하게 물었지만 지영의 가슴은 눈치 없이 콩닥거렸다.

"아마도."

"그래? 그럼 알바로 바쁘긴 하지만 틈틈이 시간 내 줄게."

달아오른 얼굴을 감추기 위해 지영은 새침하게 말하며 앞서 걸었다. 승효에게 말해 놓고 나니 이제야 파리에 가겠다는 꿈에 실체가 생기는 것 같았다. 돌이켜 보면 가난은 사람을 멍청이로 만들었다. 학원 다닐 시간에 알바를 뛰어야 했기에 지영은 미적분도 몰랐고 완료형 문장도 몰랐다.

"아휴, 이런 멍청이를 봤나, 이걸 어디다 써먹어?"

선생님들의 냉담한 핀잔에 지영은 잔뜩 주눅이 들었다. 시간이 지나면 폐기 처분되는 햄버거처럼 그렇게 버려지게 될까 두려웠다. 하지만 가난 때문에 꿈도 꾸지 못한다면 너무 억울하다는 생각이 들었다. 그래서 지영은 서울대를 가건, 파리를 가건 꿈이라도 꾸고 싶었다. 유통 기한이 지났어도 누군가의 소중한 양식이 되는 삼각 김밥처럼, 조금 늦더라도 희망의 끈을 놓고 싶지 않았다.

뒤에 오는 승효를 보기 위해 돌아섰을 때 배달 오토바이가 옆으로 바싹 지나갔다. 보미에게 빌려 신은 킬힐 때문에 중심을 못 잡은 지영은 한 발을 삐끗하며 비틀거렸다. 간발의 차이로 달려온 승효가 지영을 잡아 줬기에 망정이지, 하마터면 10센티 힐에서 나동그라질 뻔했다.

"민지영, 다리 부러지기 전에 그 신발 좀 벗어라."

힐 신는 걸 싫어하는 승효는 부루퉁한 표정을 지었다. 싫어, 단호하게 거절하려 했는데 삐끗한 오른발이 너무 아팠다. 결국 가방 속에 든 운동화로 갈아 신었다. 그러고도 똑바로 걸을 수가 없었다.

추운 날씨 탓인지 움직임이 더 힘들어 보이는 승효와 같이 천천히 걸었다. 조금씩 절뚝거리는 엇박자 스텝이 제법 어울렸다.

"집까지 데려다 줄게."

갈림길에서 쭈뼛쭈뼛 망설이던 승효가 지영의 손을 잡았다. 어쭈, 이 자식 좀 봐라, 싶었지만 싫진 않았다.

"추우니까 봐준다."

지영의 쌀쌀맞은 말에도 아랑곳없이 승효는 잡은 손을 흔들며 걸었다. 흔들흔들, 느릿느릿. 지영의 발걸음이 어느 때보다 가뿐했다.

못
먹어도

g o !

음료를 마시는 진욱의 목울대가 섹시하게 움직였다. 사이다의 기포가 퐁퐁 솟는 투명 유리컵 너머로 보이는 진욱 얼굴은 어딘가 몽환적이다.

'자식, 잘 자라 주었단 말야.'

열 살짜리 애송이가 팔 년 만에 이런 꽃미남으로 변신할 줄 누가 상상이나 했을까?

"유나야, 다시 전화해 봐. 아무리 실력이 좋으면 뭘 해, 번번이 약속 펑크 내는 것 좀 봐."

영어 과외 선생님이 연락도 없이 이십 분째 안 오자 진욱은 단단히 화가 난 상태였다.

인기 영화의 배경 음악이 흘러나오는 휴대폰은 마냥 울리기만 했다.

"이렇다니까, 또 안 받는 거 봐. 혹시 과외비 싸다고 물먹이려는 속셈 아니야?"

진욱이 흥분하거나 말거나 유나는 S대 출신의 과외 선생님에게 큰절이라도 하고 싶은 맘이었다. 만약 과외 선생님이 진욱 엄마가 감당할 수 있는 과외비를 불렀다면, 사교육비 절감을 위해 유나와 진욱이 패키지로 묶이는 일은 절대로 없었을 테니까.

진욱이 투덜거릴 때 문자가 띠링 울렸다.

'날짜가 바뀌어서 깜빡, 아임 쏘 쏘리! 얼른 갈게.'

이 여잔 멘트도 안 바꾸나. 핑계를 대도 하여튼, 하면서 진욱은 답 문자를 날렸다.

'8282 53(빨리 빨리 오삼!)'

기말고사 대비 기출문제를 푸는 날이기에 다음으로 미룰 수도 없었다. 어차피 진욱도 2학기부터 종합반을 끊고 과외 체제로 바꿨기 때문에 뒷시간이 바쁘지 않았다.

"전 타임이 아마 방배동일걸. 거기서 오려면 삼십 분 이상 걸릴 테니까 미리 책이나 보고 있자."

80년대 청소년 드라마에서나 나올 법한 저 건전한 멘트! 유나는 물리 자습서를 펼치는 진욱의 얼굴을 빤히 쳐다봤다. 그나마 진욱의 얼굴이 요즘 트렌드에 맞게 꽃미남 스타일인 게 천만다행이지 그렇지 않았으면 타임머신을 타고 과거로 돌아간 걸로 착각할 뻔했다. 한창 성숙함의 물이 오른 여자와 단둘이 있으면서 공부하자는 말을 겁도 없이 날리는 남자 주인공이라니, 정말 어이없어 돌아가실 뻔했다.

유나가 그런 황당한 상상을 하고 있거나 말거나 진욱은 자습서에 눈을 붙박은 채였다. 아휴, 졌다 졌어. 그렇게 평생 슈퍼 울트라 모범생으로 살아라! 유나도 포기하고 가방에서 사회 문제집을 꺼냈다. 그런데 책 속의 문제들은 숨은그림찾기처럼 눈에 들어오지도 않고 모든 신경 세포들은 앞에 앉아 있는 진욱에게 향했다. 자석을 향해 뻗어 있는 철가루처럼 유나의 관심도 다른 방향으로는 나아갈 수 없으니 그게 비극이었다.

'저 자식, 고백해 놓고 도대체 진도 나갈 생각은 왜 안 하는 거야?'

진욱에게 사귀자는 문자를 받은 건 9월이었다. 과외를 시작하고 두 달 만이었다. 초등학교 3학년 때 유나와 비슷한 기럭지였던 진욱은 그사이 훌쩍 자랐고 외모도 근사하게 바뀌었다. 고등학교 입학하고 진욱을 처음 봤을 때 올려다보느라 고개가 빠지는 줄 알았다. 흑흑, 그때의 굴욕은 생각하기도 싫다. 진욱이 그렇게 무럭무럭 크는 동안 유나는 혼자 지구의 모든 중력을 받은 것처럼 땅에서 왜 그리 떨어지지 못했는지, 그때로부터 겨우 5센티 컸을 뿐이다. 그래서 '난쟁이 반바지', '난쟁이 똥자루' 등의 별명을 달고 다니다, 고1 때 누군가 '뼘으로 재면 한 여덟 뼘 되겠는걸!' 하며 놀리는 바람에 별명이 '뼘'으로 굳어질 만큼 작았다. 팔등신 몸매를 자랑하는 또래 아이돌 스타도 있는데 같은 하늘 아래 살면서 여덟 뼘 키라니 치욕적인 일이 아닐 수 없다. 간혹 내 일보다 남의 일에 더 적극적인 몇몇 싸가지들은 키 때문에 고민하는 유나에게 위로라며 시답지 않은 말을 하기도 했다.

"뼘아, 너 작은 걸로 고민할 거 하나 없다. 우리 사촌 언니도 키무지 작은데 지금은 의사 만나서 잘살아. 세상에 널린 게 남자고, 은근히 취향 독특해서 작고 귀여운 여잘 원하는 남자들도 얼마나 많은데."

그럼 은근 취향 독특한 남자들만 내 차지란 말인가? 차라리 쓰라린 가슴에 소금을 뿌리든가. 그 싸가지들을 향해 유나는 하마터면 가운뎃손가락을 꼿꼿이 펴 올릴 뻔했다. 친절한 금자 씨도 주변의 과잉 관심에 "너나 잘하세요!"라고 응대하지 않았던가? 그러니 친절하지 않은 유나야 말할 것도 없었다. 아직도 그 친구들을 보면 유나의 가운뎃손가락이 간질거렸다. 우씨! 그런 애들은 왜 그리 쑥쑥 자라는지.

하지만 유나가 가운뎃손가락을 끝내 펴지 못한 이유는 키 때문만은 아니었다. 얼굴은 왜 이리 겸손한 걸까? 키를 안 주셨으면 평균치 이상의 얼굴이라도 주셔야 공평한 거 아닌가? 유나는 거울을 보며 세상은 불공평한 것들로 가득 차 있다는 것을 너무 일찍 알아 버렸다.

뭐, 굳이 유나의 장점을 찾자면 없는 것은 아니었다. 성적만큼은 전교에서 다섯 손가락 안이었다. 그러나 그건 얼굴에 쓰고 다니지 않는 이상 드러나는 게 아니니 진욱의 얼굴을 볼 때마다 불쑥 솟아오르는 열등감은 어쩔 수 없었다.

그렇다고 유나가 진욱의 외모만 보고 좋아했던 거라 생각하면 큰 오산이다. 한진욱이 누구인가 이야기하려면 휴대폰 소지 문제에 대한 공청회를 언급하지 않을 수 없다. 그 공청회는 비밀리에 열렸지만 뒤에 흘러나온 얘기로는 한진욱이 학생 인권 운운하며 명연설을 했다고 한다. 아, 역시 한진욱!

그런 한진욱이 문자를 보냈으니 유나는 두 번이나 눈을 비비며 확인해야 했다.

'허유나, 스마트하고 나이브한 건 여전하네. 이번 주 토요일 시간 어때?'

정말로 '은근 취향 독특한' 남자가 있다더니 그게 한진욱일 줄은 꿈에도 몰랐다. 굴러 들어온 호박을, 아니 산삼을 그냥 지나칠 수는 없었다. 심봤다!!

그런데 '세상에 이런 일이!'라고 놀라는 분들에게 미리 고백해 두자면 유나가 먼저 꼬리를 쳤다거나, 혹은 떡밥을 던졌다고 할 만한 일들이 아주 없지는 않았다는 거다. 하지만 세상에 미끼 없이 잡히는 고기가 어디 있겠는가? 또 하나 항변을 하자면 던지는 미끼마다 물고기들이 덥석 물었다면 세상의 모든 강태공들이 간절하게 월척의 꿈을 꾸겠는가 하는 말이다. 그러니 미끼와 월척이 무관하듯 유나의 작업과 진욱의 고백도 깊은 관련은 없다는 것이다. 남친 마련을 위해 외모를 가꾸고 내숭을 떠는 정도는 누구나 하는 일이 아니던가.

아무튼 남친이 생긴 일은 펑펑 폭죽이 터지듯, 빰빠라밤 나팔로 축하 음악을 연주하듯, 그렇게 축복받을 일일 줄만 알았다. 사랑이 이렇게 애타는 일인 줄 예전엔 미처 몰랐었다. 진욱은 연애를 뭐라 생각하는 걸까? 유나가 몇 시간이고 방바닥을 뒹굴며 생각해 봐도 녀석의 속을 알 수 없었다. 용돈을 아껴야 한다며 본 조조 영화 두 편, 공짜로 생긴 표로 뮤지컬 한 편, 중간고사 끝난 뒤 간 노래방 한 번, 이게 데이트의 전부였다. 정말 비루하기 짝이 없었다.

혹시 그게 뭐 어때서, 라는 사람에게 되묻고 싶은 건 이 세상에 신체적으로 건전하기만 한 연애가 존재할 수 있냐는 것이다. 둘이서만 있으면 뭔가 음흉한 생각이 들고 짜릿한 행동이 하고 싶고, 손만 닿아도 스파크가 팍팍 튀는 게 정상 아닐까? 그런데 진욱과의 사이에는 도대체 그런 분위기가 전혀 없었다. 언제나 마초적인 분위기보다는 젠틀함을 동경해 왔던 유나였지만 오로지 젠틀함만으로 똘똘 뭉친 진욱에게선 답답함이 느껴졌다.

거북이 등껍질처럼 유나 가슴이 바짝 말라 가고 있건만 진욱은 연애를 하면서도 밍숭맹숭했다. 건강한 대한민국 열여덟 살 청년이, 면벽하며 도를 닦는 것도 아닌데 어찌 그리 여자에게 무심할 수가 있을까?

한번은 유나가 노골적으로 진욱에게 대시를 한 적이 있었다. 혹시 내 외모가 끓어오르는 정열을 잠재우는 건 아닌가 싶어 진욱과 약속이 있던 날, 엄마 몰래 아주 짧은 반바지를 가지고 나와 갈아입는 모험을 저질렀다. 그날은 마침 중간고사가 끝났음을 자축하며 노래방에 갔고 유나가 의자에 앉으니 허벅지가 훤히 드러났다. 그런 다음, 일찍이 남자들 침 흘리게 만드는 부문의 대모 격인 샤론 스톤이 알려 준 교본대로 다리를 꼬았다. 저주스러운 단신 하체여, 하는 원망이 들었지만 표정만은 도도하게 유지하며 노래를 고르는 척 책을 뒤적였다. 하지만 곧 진욱이 허벅지를 빤히 쳐다보고 있음을 느낄 수 있었다. 무심한 척했지만 진욱이 침을 꿀꺽 삼키는 것도 곁눈으로 보았다. 후후, 애가 타 죽을 지경이겠지.

"안 되겠다. 나 잠깐 나갔다 올게."

진욱은 애써 표정을 지우며 노래방을 나갔다. 안 되겠다고? 맞아, 쉽게 무너지면 재미없지. 왜, 텔레비전에도 나오잖아. 남자들이 나가서 찬 바람을 쐬며 맘을 진정시키고 들어오지만 여자를 보는 순간 모든 자제력을 잃고 확 끌어안는, 그런 장면 말이야. 유나는 진욱이 나간 틈을 이용해 얼굴에 파우더를 두들기고 입술에 찐득거리는 립글로스를 덧발랐다.

짜잔, 드디어 진욱이 돌아왔다. 유나는 진욱의 상기된 얼굴에 가슴이 콩닥거렸다. 정말 사건이 시작되려나 보다 생각했다. 그런데 뜻밖에도 진욱의 손에는 무릎 담요가 들려 있었다.

"진짜 사랑하면 지켜 주는 거랬어, 우리 엄마가."

유나는 무릎 담요로 허벅지를 덮어 주는 진욱에게 이렇게 외치고 싶었다.

너 아니래도 날 지켜 주는 남자들이 너무 많거든. 안 그래도 그런 남자들 때문에 '타인에 의해 한평생 수절한 규수, 허유나'라고 쓰인 기념비가 내 묘 옆에 서 있을까 걱정이 태산인데, 너까지 이럴래?

"이래서 노래방에 무릎 담요가 있는 거였구나."

게다가 한술 더 떠 매우 심오한 진리를 깨달은 듯한 표정을 보며 유나는 분노에 몸서리쳤다. 지금도 어쩜 저렇게 공부에 집중할 수 있는 걸까. 나에게서 풍기는 이 페로몬을 못 느끼겠니, 멍청아?

그래, 이 멍청한 녀석 때문에 애태우느라 아까운 시간을 낭비할 수 없지. 유나는 마음을 다잡고 다시 책으로 눈을 돌렸다. 집중하자. 오늘은 진욱이 동생 재욱이도 없는지 집 안이 조용하다. 아 참 참, 재욱이가 다쳐 병원에 있다고 했지. 그래서 진욱이 엄마도 재욱이한테 가 봐야 한다고 그랬고. 그렇다면 지금 이 집엔 진욱이랑 단둘뿐이잖아!

얘 진정해, 유나는 벌써부터 오버하며 뛰는 가슴을 진정시켰다. 어쩜 이렇게 타이밍이 좋을까? 멍청한 녀석에게는 꼭 집어 말하는 수밖에 없겠지?

"한진욱, 내가 정말 네 여친은 맞니?"

유나의 말이 갑작스러운지 진욱은 눈이 동그래졌다.

"당연하지. 갑자기 왜?"

"그러면 내가 딴 여자애랑 다른 건 도대체 뭔데?"

"너랑은 문자 주고받고, 같이 영화 보고, 맛있는 것도 먹고 했잖아."

진욱은 얼떨떨한 얼굴로 대답했다. 이쯤에서 확 힌트를 줘야지, 유나는 새침한 표정을 풀지 않고 결정타를 한마디 날렸다.

"겨우 그거?"

그럼 또 뭘, 하는 멀뚱한 표정이었던 진욱의 얼굴에 조금씩 야릇한 기운이 퍼졌다. 역시 공부 잘하는 애라 눈치는 있다니까. 유나는 살짝 다음을 기대했다.

"안 그래도 기말 끝나고 커플링 맞추자고 할 생각이었는데."

커플링? 그것도 괜찮긴 하지만……. 아, 이런 요상한 기분을 뭐라고 설명해야 하나? 유나는 고스란히 속마음을 내비칠 수도 없고 그렇다고 여기서 접을 수도 없어 괜히 애꿎은 볼펜만 딸깍거렸다.

공부로는 똑똑한 녀석인데 어찌 이리 맹탕인지 속이 타 죽을 지경이었다. 그래, 공부!

"넌 다른 건 다 선행하면서 어째 우리 관계는 그래 볼 생각을 못하냐?"

이쯤 되면 통하겠지 했는데…….

"선행?"

진욱은 못 알아들었는지 유나에게 되물었다.

"선행 학습 말이야!"

결국 소리를 꽥 지르고 말았다. 이렇게 무안한 장면까지 나와야 하나, 유나는 아예 관두자 싶었다.

"됐어. 그만하자."

덜떨어진 남친을 만난 것도 다 운명이려니 가슴을 칠 수밖에 없었다. 말하면 입만 아프지 싶어 유나는 바싹 마른 입술에 침을 묻혔다. 그때였다.

"아, 그거!"

진욱이 과외를 위해 펼쳐 둔 교자상을 건너왔고, 얘가 왜 이래 하는 순간 떨리는 입술을 포갰다.

이런 순간을 얼마나 꿈꿨는데……. 키스를 할 때 손은 부드럽게 남자의 허리를 감싸야지, 혹은 눈꺼풀을 파르르 떨어야지, 머리로 생각했던 모든 시뮬레이션은 어디로 갔는지 유나는 그저 질끈 눈을 감았다. 유나의 첫 키스였다. 황홀하면서 무섭고, 두려우면서도 떨렸다. 순간 유나 주위를 둘러싼 모든 배경이 지워지며 이 세상에 오로지 진욱과 둘만 있는 느낌이었다. 아마도 만화에서라면 두 사람을 중심으로 엄청난 빛의 파장이 그려질 장면이겠지만 실상은 그렇지 않았다.

진욱이 급하게 다가온 탓에 아무런 준비도 없던 유나는 진욱의 무게에 눌려 그만 뒷벽에 머리를 쿵 하고 부딪쳤다. 게다가 흥분한 진욱이 유나의 오른손을 무릎으로 덥석 깔아뭉갠 것도 모른 채 키스에 열중하고 있으니, 깔린 오른손은 피가 안 통해 색깔이 검붉어지기까지 했다. 그러나 정작 유나가 이상을 느낀 신체 부위는 뒤통수나 오른손이 아닌 심장이었다. 어찌나 빠르게 뛰는지 과외 선생님이 누른 벨 소리가 아니었다면 유나 심장은 터져 버렸을지도 모른다. 십 대 소녀 첫 키스 중 심장 마비로 사망, 하마터면 해외 토픽에 얼굴 허옇게 변한 시체로 출연할 뻔했다.

"둘 다 얼굴이 왜 그래?"

과외 선생님의 말을 듣고서야 진욱의 얼굴을 봤다. 불가마 찜질방에서 막 나온 것처럼 빨겠다. 손으로 만져 보니 유나 얼굴도 화끈했다.

"아줌마 허리 아프시다더니 집 안을 찜질방 수준으로 만들었네. 진욱아, 보일러 좀 꺼라."

유나가 둘러댄 핑계에 진욱이 방을 나가면서 분위기는 겨우 진정됐다.

"앞 타임 외고 애들 문제 풀어 주느라 좀 늦었어. 학교 후배라 그
런지 신경이 쓰여서 건성으로는 못 하겠더라구. 너희가 이해 좀 해
주라."

특목고 나왔다고 꼭 저렇게 티를 내야 하나, 아니꼽단 생각은 들
지만 특목고 입시를 실패한 처지에 딴죽을 걸면 괜한 심술로만 보
일 터, 속없는 듯 배시시 웃었다.

하긴, 특목고에 S대 출신이라면 이 정도의 오만은 봐줘야겠지.
저 젊은 선생님한테 엄마가 굽실거리는 것도 그 배경 아니면 또
뭐가 있겠는가? 전문대 학벌이 전부인 엄마에게 선생님이 얼마나
대단해 보일까? 나라도 엄마의 한을 풀어 줘야지. 유나는 이를 악
물고 공부하려 했지만 진욱의 무릎에 깔렸던 오른손이 아파 왔고
모든 신경 돌기들이 아직도 입술에 머물러 있어 과외 시간 내내
집중할 수가 없었다.

"지난 중간고사 때 불미스러운 일이 있어서 이번엔 시험 감독이
더 엄격해질 예정이다. 답안지 교체도 종료 오 분 전까지만 한다니
까 마킹도 시간 안배 잘해서 하도록. 그리고 두말하면 잔소리겠지
만 시험 날까지 모두 열심히! 알았지?"

담임은 아침부터 기말고사 얘기를 꺼냈다. 두말하면 잔소리라
면서 항상!

"하여간 우리 담탱이야말로 기분 잡치게 하는 걸로는 노벨상감

이라니까. 아휴, 아침부터 귓구멍 오염됐겠다."

담임이 나가자 양원재가 새끼손가락으로 귀를 쑤시더니 뭐라도 건진 양 후 불어 날렸다. 그러더니 사물함에서 쿠션을 꺼내 책상 위에 올려놓고 머리를 파묻었다.

"아침부터 왜 동태눈이야? 5교시에 수업하는 반도 이렇지는 않은데. 니들이 이렇게 빌빌거릴 때 전국의 수많은 경쟁자들이 얼마나 기뻐할지 생각해 봐. 어때, 눈이 번쩍 뜨이지?"

똑같이 하루가 시작되었다. 어제와 다를 바가 없다. 그래서 편안하고 안심이 되지만 왜 똑같을까 하는 생각에 오늘따라 답답해졌다. 유나는 교실을 한 바퀴 둘러보았다.

전국의 고등학교 2학년 학생들 모두 1교시 수업을 받고 있겠지. 이 시간에 모두 칠판을 향해 앉아 있을 거란 생각을 하면 소름이 확 돋는다. 생각도, 개성도, 취미도, 외모도, 환경도, 도대체 눈 씻고 찾아봐도 공통점을 찾기 힘들 텐데 대학 입시란 목표 때문에 같은 행동으로 통일될 수 있다는 게 놀라우면서 무섭다. 그 아이들을 성적순으로 일렬로 세운다면 나는 과연 몇 번째에 서게 될까? 조금은 앞줄이겠지 싶어 안심이 되면서도 이런 생각을 한다는 것 자체가 한심스러웠다. 휴!

딴생각하지 마, 집중! 그런데 첫 키스의 후유증일까? 침을 튀겨 가며 설명을 하는 배불뚝이 영어 선생님의 입술이 유난히 눈에 들어왔다. 그러자 달콤했던 진욱과의 키스가, 그 입술의 이물감이 생생하게 떠올랐다. 순간 얼굴이 화끈했다. 누가 보진 않았겠지 싶어 둘러보는데 옆자리에 앉은 일진이 유나와 눈이 마주치자 급히 얼굴을 돌렸다.

성적도 별로면서 만날 심각한 채 있는 탓에 소크라테스의 뒷글자만 따서 '테스'란 별명으로 불리는 아이. 테스와는 작년에도 같은 반이었다.

"너희들, 일진이 얼마나 무서운지 알지? 외모로만 보면 못 믿겠지만 난 일진이야, 그것도 타고난 일진! 내 이름이 맹일진이거든."

1학년 첫 시간, 테스의 자기소개 때문에 반 애들 대부분이 뒤집어졌다. 우스운 농담도 잘하고 연예인 성대모사도 잘하며 마냥 까불던 명랑한 아이였다. 그런데 지금은 누구도 테스의 그런 얼굴을 기억하지 못했다.

'뭐야, 저 표정은. 마치 다 알고 있단 얼굴이잖아. 저러니 사차원이라는 소리를 듣지.'

유나는 칠판을 향해 고개를 홱 돌렸다. 어설프게 인생에 대한 고민을 하고 있다간 테스처럼 될 것 같았다. 대다수의 고등학생이 이렇게 있다면 이게 바른길이고 정답인 거다.

영원고는 야자가 선택이었다. 바로 몇 블록 떨어진 남고는 야타(야간 타율 학습)에 반삭(반삭발), 게다가 교복까지 승복을 연상시키는 잿빛이라 고교 삼 년이면 몸에서 사리가 나온다는 전설이 있었다. 인근 학교가 그 지경이니 유나네 학교는 그나마 인간적인(?) 교육을 한다는 평을 받을 수 있었다. 그래도 야자의 선택 비율은 언제나 절반을 넘어섰다. 유나도 1학년 때는 야자를 했는데 어수선한 분위기도 그렇고 특히 석식 먹는 게 고역이라 2학년 때는 선택하지 않았다.

수업이 끝나도 교실은 어수선했다. 청소를 하거나 석식을 기다리는 아이들로 북적댔다. 2학기 들어 유나 엄마는 성적을 바짝 올려야 한다며 종합반을 끊고 단과 학원이나 과외로 바꿔 버렸다. 그래서 야자를 하거나 종합 학원에 다니는 아이들보다는 시간이 널널했다. 특히 화요일은 과외도 없어 맘 편히 빈둥거릴 수 있는 유일한 날이었다.

"뺌, 이거 받아. 지난번에 국어 숙제 빌려 줘서 땡큐."

임승효가 두툼한 허쉬 초콜릿을 내밀었다. 부잣집 도련님이라 스케일이 다르네. 몸이 불편한 것만 빼면 집도 부자고 성격도 괜찮아 인기 짱으로 등극할 만한 인물이었다.

"허쉬! 나의 완소 아이템을 어떻게 알고, 암튼 땡큐. 아 참, 너 요즘 스캔들로 완전 유명하더라."

학교에서 꽤 유명한 민지영과 사귄다는 소문이 돌면서 승효는 한동안 영원고 검색어 1위로 랭크되기도 했다. 어떻게 민지영 같은 날라리랑 어울리게 됐는지 이해가 안 되지만 스스로 박애주의자라 하니 그리 무리한 일도 아닐 것이다.

야자 하는 친구들의 부러운 눈길을 받으며 학교를 나선 유나는 문제집을 사기 위해 서점에 들렀다. 그리고 우연히 건너편 정형외과 간판을 보게 됐다. 재욱이 자전거 사고로 입원해 있다는 병원이었다. 과외를 진욱네 집에서 하는 관계로 재욱과도 꽤 친했다. 유나는 임승효에게 받은 초콜릿을 재욱에게 아낌없이 양보하기로 결정했다. 거기에 음료수 한 병만 더 있으면 병문안이 초라하지 않을 듯했다.

재욱은 다리에 깁스를 한 채 앉아서 닌텐도 게임을 하고 있었다. 팔에도 붕대를 감고 있었고 얼굴도 멍이 올라 엉망이었다.

"누나! 웬일이야?"

혼자 있던 차라 유나가 반가운 눈치였다.

"어쭈, 아프다 해서 걱정했더니 학교 안 가서 신났구나."

"아니야, 학교 가는 게 더 좋아. 다리 땜에 축구도 한참 쉬어야 된대."

재욱은 운동을 좋아했다. 몸집이 작긴 해도 움직임이 빠르고 시야가 좋아 축구를 계속 시킬까 고민하는 중이라고 들었다.

"많이 다쳤어?"

"한 이 개월 깁스한대. 다음 주면 퇴원할 수 있는데 학교 다닐 일이 걱정이야."

"조심 좀 하지. 김밥세상 앞이라면 신호등 있는 데라 차가 불쑥 튀어나오는 곳도 아닌데……. 어떻게 된 거야?"

평소에도 재게 움직이는 걸 생각하면 부상의 정도가 너무 컸다.

"어떤 자전거 탄 형이 갑자기 앞쪽으로 끼어든 데다 뒤에서도 딴 자전거가 따라붙어서 어쩔 도리가 없었어."

얘길 듣고 보니 일종의 교통사고였다.

"컴컴할 때 그랬니?"

"아니, 5시 조금 넘어서니까 많이 어둡진 않았어."

고의는 아닐 테지만 뭔가 찝찝했다.

"어쨌든 상대방이 잘못한 거네. 설마 이래 놓고 도망친 건 아니지?"

재욱은 대답을 못 하고 우물쭈물했다. 눈치를 보니 뺑소니였다.

"말도 안 돼. 쓰러져 있는 걸 보면서 어떻게 그냥 가?"

재욱은 5학년이지만 몸집이 작아 더 어려 보였다. 이런 아이가 쓰러져 있는데 그냥 가 버렸다고? 듣고 보니 악질들이었다.

"너 걔네들 얼굴 기억하지?"

재욱이 천천히 고갤 끄덕였다.

"분명 동네에 사는 불량배들일 거야. 재욱아, 나중에 다 낫거든 누나랑 동네 돌면서 그 자식들 꼭 잡자."

말뿐이긴 하지만 유나는 재욱에게 힘을 주기 위해 일부러 두 주먹을 불끈 쥐었다. 재욱이야 아직 모르겠지만 형의 여친이 이렇게 분개하면 같이 맞장구를 쳐 주는 게 도리일 텐데 어째 표정이 심드렁했다.

"근데 엄마가 그러지 말래. 어차피 형이랑 같은 학교 애들인데 밝혀 뭐하냐면서."

악질들이 우리 학교라고? 갑자기 유나의 궁금증이 발동했다.

"정말? 영원고 교복 입었어?"

"응."

"이름표 색깔이 뭐였어?"

유나네 학교는 1학년은 초록색, 2학년은 파란색, 3학년은 자주색 이름표를 사용했다.

"파란색."

게다가 2학년! 2학년이 9반까지만 있으니 뒤져서 못 잡을 것도 없었다.

"혹시 이름은 봤어?"

이름표 색깔을 봤다면 이름까지 봤을 수도 있었다.

"넘어질 때 안경이 벗겨져서 이름은 못 봤어."

아깝다! 이름까지 알았다면 당장 내일 학교로 찾아가 따져 볼 수도 있을 텐데……. 그럼 여기서 그냥 손을 놓을까? 아니지, 이미 설왕설래(?)한 남친의 동생 일인데 내가 힘 좀 써 봐? 갑자기 유나 마음에 정의감이 불쑥 치솟았다. 아니, 사랑의 힘이라고 하는 게 더 맞는 말이려나?

진욱에게 전화를 해서 재욱의 일을 얘기할까 하다가 유나는 마음을 바꿨다. 서프라이즈 파티까지는 아니지만 진욱에게 깜짝 선물을 해 주고 싶었다. 다음 날 유나는 새벽같이 등교해서 정문 옆에 커다란 종이 한 장을 붙였다.

친애하는 2학년 학우 여러분!

역사와 전통을 자랑하는 영원 고등학교의 명성에 손톱만큼 흠이 갈 만한 사건이 발생해 이렇게 지면을 빌려 알려 드립니다. 지난 11월 2일 오후 전철역 근처 김밥세상 앞에서 한 초등학생이 자전거 사고를 당했습니다. 그런데 유감스럽게도 자전거의 진로를 방해한 것이 우리 학교 2학년 학우라고 합니다. 그 학우는 초등학생이 다친 줄 모르고 현장을 떠난 것 같은데 사고를 당한 초등학생은 2개월간 깁스를 할 정도로 많이 다친 상황입니다. 더 안타까운 것은 그 초등학생이 우리 학교 2학년 1반 한진욱 학우의 동생이라는 사실입니다.

자전거 사건에 관련된 학우는 어서 한진욱 학우를 찾아가 주세요. 물론 사건에 대해 전혀 모르고 있다가 이 글을 읽고 당황했을 거란 생각도 합니다. 하지만 영원고 학생이라면 자기 잘못에 책임질 줄 아는 멋진 학우일 거라 믿습니다. 이만 줄입니다.

글 밑에 빨간 매직으로 "절대 떼지 말 것!!!"이란 경고도 써넣었다. 맘 같아서야 "어떤 악질 새낀지 빨리 불어라." 이렇게 쓰고 싶지만 그건 막 사랑에 빠진 소녀 입에서 나올 말이 아니지 않은가?

정문 앞에 붙인 이 한 장의 대자보가 일으킨 반향은 제법 컸다. 1교시 시작 전에 모르는 척 대자보를 보러 나가니 종이 한구석에 작은 글씨의 댓글들이 달려 있었다. 짐작대로 90프로는 욕설이었지만 관심이 있다는 증거니 소기의 목적은 이뤘다고 생각했다.

'쪽팔리게 초딩을 건드리냐?'

'찌질아, 빨리 불어라!'

이런 건 아주 점잖은 편이라 획 지나갔다.

'나는 봤다.' 큼지막하게 쓰인 글에 눈길이 갔다. 그 글 옆으로 긴 화살표가 그려져 있고 눈으로 따라가 보니…….

'어젯밤 그녀의 화끈한 몸매를, 우후!'

장난에 깜빡 속았지만 뭇 남학생들을 즐겁게 해 줬을 테니 넓은 마음으로 용서해 주마.

그런데 이상한 글도 보였다. 초록색 펜으로 쓴 글이었다.

'혹시 5반이니?'

뭐야? 유나도 고갤 갸웃하고 있는데 그 밑으로 쓰인 글들이 실소를 자아냈다.

're: 어떤 새끼야?'

'이름 안 밝혀! 암튼 내 손에 걸리면 죽는다 ―5반 이윤기.'

'내가 그랬다, 어쩔래. 내가 누군지 궁금하지? ―절대 5반 아닌 학생.'

정작 자전거 사고의 본질은 어디 가고 '5반이니?'라는 글을 쓴 범인을 잡자는 댓글이 이어졌다.

'개념 없이 누가 이런 댓글을 단 거야? 괜히 튀려고 별짓을 다 하네.'

칫, 하고 돌아서는데 기분이 묘했다. 정성스럽게 쓴 글씨를 생각하니 왠지 오싹했다.

대자보는 오전 중에 학교에서 떼어 냈다. 물론 유나는 다시 붙일 생각은 없었다. 대자보 한 장으로 범인을 잡을 수 있을 거란 희망을 가진 것은 아니었다. 다만 두 다리 뻗고 편히 자고 있을 악질 새끼 마음에 불안의 불씨를 심어 주자는 생각이었다. 게다가 이런 유나의 맘 씀씀이에 진욱이 감동해 준다면 더 고마운 일이고.

"배부른 돼지보다 배고픈 소크라테스가 낫다."란 망언은 도대체 누가 했을까? 아마도 4교시 후 먹는 급식의 기쁨에 대해 모르는 사람이 괜히 고상한 척 지어낸 말임에 틀림없다. 인간아, 너도 한국에서 고딩 생활해 봐. 어떤 서바이벌 상황에서도 다 먹고살게 되니까.

몇 숟갈 뜨지도 못했는데 교실 뒷문으로 진욱의 얼굴이 보였고, 유나는 잽싸게 복도로 튀어 나갔다. 왕성한 식욕도 사랑의 힘 앞에서 어쩜 이리 무력한지…….

'자기만 보고 있어도 배불러.'

유나는 진부하기 짝이 없는 이 닭살 멘트가 실제로 사랑에 빠진 인간의 뇌파를 연구해서 나온 과학적 결론임을 확신하며 새삼 감격했다.

키스 한 번에 제대로 발동 걸렸구나, 오죽하면 이렇게 점심시간까지 찾아오나 싶었는데 진욱의 행동은 유나의 예상을 빗나갔다.

"너야?"

'척!' 하면 '착!'이라고, 아마도 대자보 붙인 일을 말하는 건가 싶었다. 진욱의 성격상 누구에게 나불거리며 말할 타입도 아니니, 어쩌면 재욱이 사건을 나만 알지도 모르겠단 생각도 쉽게 할 수 있었다. 그런 짐작은 되지만 어째 이리 열 받은 얼굴인지는 도저히 알 수 없었다.

유나의 떨떠름한 표정을 본 진욱이 한술 더 떠 말했다.

"뭔데 남 일에 참견이야?"

내가 뭘 그리 잘못했다고? 그리고 남 일이라니? 지랑 나랑 선 그어 가며 이건 내 일, 저건 네 일 이렇게 나누어야 할 사이였던가? 그래 좋아, 아주 독립적인 타입이라서 죽어도 남의 도움 같은 건 못 받는 성격이라 치자. 그렇다 해도 이 불쾌한 말투는 상당히 호전적이다 못해 사람을 아주 깔보는 뉘앙스마저 풍겨 유나의 기분은 바닥을 치다 못해 이미 지하 구덩이를 파고 있었다.

그래도 유나의 혀가 진욱의 구강 구조를 훤히 기억하고 있는데 (히히!) 함부로 말할 수 없어 부드럽게 물었다.

"대자보 때문에 그래?"

"담임이 불러서 갔다 왔어. 어떻게 된 일이냐고 묻기에 잘 해결 됐다 그랬어. 재욱이 일로 신경 써 줘서 고맙지만 이제 그만해."

한풀 꺾이긴 했지만 진욱의 대답 속에서 알 수 없는 긴장감이 느껴졌다.

"신경 쓰였으면 미안. 재욱이 보니까 안됐기에……. 어떤 놈들인지 골탕 한번 먹어 봐라 그런 맘으로 한 거지, 끝까지 물고 늘어질 생각은 애초부터 없었어."

"그럼 됐어. 어차피 그런 새끼들 몇 마디 한다고 알아듣지도 못할 테니까. 나, 간다."

쌩, 찬바람이 돌 만큼 진욱은 차갑게 돌아섰다. 급한 발걸음에서도 화난 표정을 읽을 수 있었다.

과외 때 만난 진욱은 평상시와 다름없었다. S대 출신 선생님은 버터를 한 박스 먹은 것처럼 혀를 굴리며 본문을 읽었다. 그리고 기출문제를 나눠 줘서 같이 풀었다. 문제 풀이를 하던 진욱은 유나를 보고 씨익 웃기까지 했다. 그저 유나만 진욱을 보는 게 어색했다.

'괜히 오지랖 넓게 설쳐서 진욱이 입장만 난처해졌나?'

보글보글 막 끓기 시작한 애정 지수가 유나의 판단 미스 때문에 피시식 식어 버린 듯해 기운이 빠졌다.

'시험에 대한 부담일지도 모르잖아.'

그렇게 위로하는 수밖에 없었다.

영어뿐만 아니라 수학 학원에서도 시험 대비를 위한 마지막 준비로 수업이 빠르게 진행됐다. 원래는 수업이 끝나도 백 분의 자습 시간이 있는데 시험 기간 전에는 다른 과목 공부 때문에 자습을 빠질 수 있었다. 다른 날보다 일찍 나온 유나는 학원 차를 놔두고 집까지 걸어가기로 했다.

밤바람이 제법 강했다. 가을인가, 생각해 보니 11월도 끝나 가고 있었다.

'벌써 겨울이네.'

코앞으로 다가온 계절을 전혀 모르고 있었다. 하긴 고딩에게 계절이 무슨 소용 있으려고. 1학기 중간고사쯤이 봄이며, 기말고사는 여름, 2학기 중간고사 때는 가을, 기말고사 무렵이 겨울이었다. 그래도 이건 2학년까지의 계절 인식이고 3학년이 되면 계절이고 뭐고 없이 일괄적인 날짜 계산법을 사용했다. 수능 시험 날짜를 기준으로 카운트다운이 들어가니까. D-267, D-266, D-265……

그런 생각을 하니 추운데 맘까지 우울했다. 네온 빛으로 반짝이는 간판들 사이로 초록색의 십자가가 하나 보였다.

'재욱이는 퇴원했으려나?'

유나는 혹시나 해서 재욱의 병원을 찾아갔다.

"유나구나. 지난번에도 왔었다며?"

진욱의 엄마도 함께 있었다. 유나에게 주스를 한 병 꺼내 주며

보름간의 간병에 대한 하소연을 늘어놨다. 병원에 있으니 꼼짝할 수가 없어 밀린 집안일이 태산 같다며 울상을 지었다.

"제가 있을 테니까 마트라도 얼른 다녀오세요."

"시험 때라 짬 내기 쉽지 않을 텐데 괜찮겠어?"

유나의 제안이 더 이상 반가울 수 없다는 듯 진욱 엄마는 병원을 바쁘게 나섰다. 유나는 보조 침대에 누워 느긋하게 드라마를 시청했다. 드라마 속에서는 한 여자를 사이에 둔 삼각관계가 여전한 테마였고 재벌은 필요충분조건에, 출생의 비밀은 보너스였다.

"저런 여자 하나 때문에 20년 지기 친구가 등을 돌린다구? 뭐야, 말도 안 돼!"

"누나! 여자 주인공이 허유나가 아니고 송희진이거든. 송희진 얼굴을 보라고, 친구 아니라 형제간에도 싸움 날 만한 얼굴이란 말이야."

쬐그만 게 입만 살아서는! 유나는 재욱의 머리를 콩 쥐어박았다.

"말은 잘한다. 그렇게 말 잘하는 녀석이 어째 사고 낸 애들한테는 암말도 못 했냐?"

"그때 입술 터져서 피나고 있었거든."

"그러셔. 그럼 퇴원하면 목발 짚고 누나랑 걔네들 잡으러 다니자. 걔네들 앞에서도 얼마나 말 잘하는지 좀 봐야겠네."

"안 그래도 누나 도움 받아서 범인 잡겠다 했는데 엄마랑 형이 뜯어말린 거거든."

진욱이랑 머쓱했던 며칠 사이에 그런 일이 있었구나. 유나도 말뿐이지 정말 범인을 잡으러 다닐 생각은 눈곱만큼도 없었다. 그런데 진욱이도 이상하지, 뭘 그렇게 말렸단 거야?

재욱은 그때 일이 생각나는지 새삼스럽게 씩씩댔다.

"됐어, 다 지나간 일인데 잊어버려라."

"이번 일로 학교도 전학 갈지 모른다잖아? 그럼 나 축구팀 떠나야 하는데 그건 죽어도 싫단 말이야."

이건 또 뭔 소리람! 진욱 엄마의 극성이야 초등학교 때부터 유명했지만 이번 일로 전학이라니 지나친 감이 있었다.

"설마 그럴 리야 있겠니? 어쨌든 누나가 같은 학교니까 혹시 그놈들이 누군지 알 수도 있잖아. 뭔가 단서 없어?"

유나가 툭 던진 말에 재욱이 입술을 달싹이며 망설였다.

"너 뭔가 있구나?"

그런데 정작 유나가 캐묻자 재욱은 고개를 저었다.

"아니야. 아무것도 없어."

"에이, 아닌 게 아닌데! 왜, 말하면 안 되는 거야? 이래 봬도 누나 입이 무진장 무겁단다. 내 귀로 한번 들어온 비밀은 절대로 이 입을 통과 못 해."

유나가 찌익 소릴 내며 입에 지퍼 잠그는 시늉을 했다.

"절대 아무한테도 말하면 안 돼. 정말 약속한 거야……. 그놈들이 하는 말 들었어."

재욱이 속삭이는 것처럼 말하자 유나는 잔뜩 긴장해서 귀를 기울였다.

"진욱이 새끼랑 닮았지, 돌아서면서 그렇게 말했어."

한바탕 찬바람이 훑고 간 듯이 가슴이 싸늘했다. 대자보를 쓰고 붙이면서도 전혀 느끼지 못했는데 이제야 그들이 형체 없는 악당에서 영원고 학생이란 실체로 나타난 듯했다. 교복을 입어서가 아니라, 파란색 이름표를 달아서가 아니라, 재욱의 말 한마디로 느낄 수 있었다. 진욱을 향한 알 수 없는 적의를 가진 두 명의 학생. 그들이 범인이었다.

절대로 말을 옮기지 않겠다는 재욱과의 약속을 지키기 위해서 그런 건 아니었다. 그날 새파랗게 질려 화난 진욱의 얼굴을 생각하면 그 일에 대해 물어볼 수가 없었다. 분명한 건 그 일이 재욱을 노린 게 아니라 진욱을 향한 경고성 사건이란 것이다.

하지만, 하지만 말이다. 세상엔 몰라도 될 일이, 아니, 알면 다치는 일이 분명히 있다. 호기심이란 얼마나 위험한 감정인지. 유나는 달랑 '희망' 하나만 건진 판도라가 되고 싶진 않았다. 적어도 맹일진의 공책을 보기 전까지는…… 그랬다.

지문을 읽고 그것에 대한 사회 문화적 관점을 조사하는 숙제였는데 그만 깜빡 잊고 있었다. 사실 조사라고 해 봤자 참고서를 베끼는 수준이었지만. 유나는 옆에 앉은 예슬의 공책을 빌렸다.

남미의 아마존 강 유역의 자파테크 족은 예로부터 나체로 살았다. 이곳에 처음 도착한 유럽 신부들은 이들에게 강제로 옷을 입게 하였다. 그 결과 기온이 높고 습기가 많은 이 지역 기후 때문에 대부분의 원주민들이 피부병에 걸리고 말았다. 또한 이들은 피부에 사회적 신분을 나타내는 문신을 하였는데, 옷을 입는 바람에 알아볼 수 없게 되자 가치관의 혼란이 왔으며 사회 질서가 문란해졌다.

'그럼 다시 옷 벗겨.' 한마디면 해결될 문제를 학자들은 뭔 의견을 그리도 많이 냈는지 점심시간을 아껴 숙제를 베끼는 유나로서는 짜증이 났다. 유럽 신부들의 자문화 중심적인 태도를 비판하면서 문화 상대주의 관점에서 원주민을 존중해야 한다는 내용을 공책에 적었다.

사회학자들이 자기들 관심 분야를 연구하는 것까지 간섭할 맘은 없지만, 어쨌든 그걸 학설로 발표하면 후대의 학생들에게 이렇게 학습 분량만 늘리는 민폐를 끼치게 된다는 것이다. 지금도 학문에 정진하는 학자들이여, 새롭게 알게 된 사실이 있더라도 제발 묵언 수행하시기를……

점심시간이 끝나기 직전 유나는 겨우 숙제를 끝냈다. 하마터면 수행에서 몇 점 까먹을 뻔했는데 예슬이 덕분에 살았다.

"예슬아, 내가 오늘은 제대로 쏠게. 매점표 3단 샌드위치 어때?"

"어쩌냐, 그 샌드위치를 테스한테 돌려야 할 것 같은데. 그거 내 공책 아니야. 나도 테스 공책 베낀 거야. 일진이 갖다 줘."

글씨만 봐서는, 인터넷 10대 얼짱 수준에 낄 만한 미모인 예슬의 공책인 줄 알았다. 그런데 정작 예슬의 공책을 보니 눈뜨고 보기 민망할 수준의 악필이었다.

"뭘 봐? 글씨까지 예쁠 필요는 없잖아?"

공책을 덮으며 예슬이 반 장난으로 말했다. 예쁜 것들의 가장 큰 문제는 지들이 예쁜 걸 안다는 거다. 그래서 '겸손'이란 단어와는 도저히 가까워질 수 없는 족속이 되는 거다.

유나는 일진의 공책을 보다 무슨 남자애 글씨가 이렇게 예뻐, 하는 생각에 공책의 앞장을 펼쳤고, 팔이 떨어져 나갈 정도로 많았던 지난 사회 시간의 필기를 볼 수 있었다. 초록색의, 오른쪽으로 약간 기울어진, 그러면서도 획의 끝에서 꼿꼿한 기운이 느껴지는 글씨.

이 글씨를 어디서 봤더라, 할 때 일진이 황급히 공책을 뺏었다.

"왜 예슬이 빌려 준 걸 네가 갖고 있어?"

또, 다 알고 있다는 듯한 눈빛. 아니 이번엔 조금 달랐다. 뭔가 알아내려는 눈빛이랄까?

"나도 깜빡 잊고 숙젤 못 해서."

"그래, 알았어."

무뚝뚝하게 말을 끝낸 일진이 자리에 앉자 시작종이 울렸다. 기분이 나쁜 건 아니었지만 일진의 태도가 이상해서 유나는 자꾸 옆을 힐끗거리게 됐다. 그러다 눈이 마주쳤는데 이번에도 일진이 급하게 고갤 돌렸다. 뭔가 있다는 느낌이 확 들었다. 그러자 일진의 공책 글씨가, 어디서 본 듯한 그 글씨가 또렷하게 떠올랐다.

대자보!

'혹시 5반이니?' 초록색의 정서된 글씨. 그래서 괴발개발 써 갈긴 댓글들 사이에서 도드라졌던 글씨.

맹일진, 네가 썼구나. 그런데 왜?

"테스, 잠깐 물어볼 말이 있는데 시간 돼?"

유나의 호출이 뜻밖일 텐데도 일진은 고분고분 따라 나왔다.

일진은 야자도 안 하고 학원도 안 다녔다. 그렇다고 양원재처럼 막 나가지도 않았다. 생각해 보니 어디에도 교집합이 없는 독특한 아이였다.

"나보다 뺌이 네가 더 시간 없잖아."

"그래도 널 위해서 특별히 시간 내줄 테니까 따라와."

이 땅의 청소년들은 도대체 어디서 건전하고 조용한 대화를 나눠야 할까? 더구나 일진이 갖고 있는 비밀을 파헤쳐야 할 유나는 어디로 갈까 망설였다. 운동장에 널린 게 벤치지만 야자도 안 하는 주제에 학교에 남아 눈에 띄고 싶진 않았다.

"괜찮으면 우리 집 갈래?"

이 무슨 도발적인 질문이람.

"엄마 계셔?"

설마 빈집은 아니겠지, 싶어 물었는데 일진의 대답은 명쾌했다.

"엄마 아빠 다 집에 안 계셔."

날 그렇게 쉽게 봤나 기분이 팍 상하려 하는데…….

"아래층에서 슈퍼 하셔. 아, 슈퍼라고 하면 싫어하신다. 경제마트. 우리 집 경제마트 해."

경제마트라면 오다가다 얼핏 봤던 가게였다. 경제마트 옷을 입은 배달원들도 몇 번인가 봤고 버스가 지나가는 큰길가에 있어, 가게 앞에 상추며 고추, 콩나물 같은 반찬거리 구경도 했던 기억이 있었다. 슈퍼라고 하면 싫어할 만도 한 게, 제법 큰 규모였다.

'뭐야, 그럼 돈이 궁해 학원을 안 다니는 것도 아니잖아. 이 자식, 진짜 별종이네.'

"2층이 집이니까 마트에서 먹을 거 챙겨서 가면 편하고. 어때?"

아래층이 사람들로 벅적대니 뭔 일이 생기진 않겠지? 뭔 일이라니, 이건 또 무슨 황당한 상상이람!

경제마트는 주상 복합 건물의 1층에 있었고 손님들도 꽤 많았다. 일진도 익숙한 듯 플라스틱 장바구니를 들고는 먹을 걸 골랐다. 떠먹는 요구르트, 탄산음료, 마른오징어, 과자 몇 봉지, 컵라면을 담으니 장바구니가 가득 찼다.

"아예 가겔 털어라, 인석아. 그래도 모처럼 여자 친구 데려왔으니까 절반 값만 내."

참 유머가 넘치는 분이구나 싶어, 유나는 일진 아버지 앞에서 조
신하게 미소를 지었다.

"우리 아버지 농담 안 하셔. 너도 반 보태."

일진의 말에 썩소로 바뀔 뻔한 미소를 유지하느라 얼굴 근육이
바짝 긴장했다. 동전까지 털어 내는 걸 보고도 일진은 끝내 돈을
받았다. 치사한 새끼!

일진의 방은 진욱의 방과는 다른 분위기였다. 우선 책이 많았다.
일진이 잠깐 나간 틈을 타서 책 표지를 훑었다. 사라지는 우리 동
물, 서양 미술사, 바둑 입문, 서스펜스 추리 소설 모음 등 종류 또
한 다양했다. 딱히 논술이나 입시를 위한 독서 취향은 아닌 게 분
명했다.

'역시 종잡을 수 없는 아이야.'

유나는 과자를 몇 개 집어 먹다 말을 꺼냈다. 어차피 바쁜 시간,
탐색전을 펼칠 생각은 없었다.

"5반 애들 신경 건드린 게 너였지?"

순간 일진이 희미하게 웃었다.

"대자보 쓴 건 너고."

아, 대자보를 쓴 게 누구란 걸 밝히지 않았었지! 대자보에는 한
진욱 이름밖에 들어 있지 않았다.

"맞아. 내가 썼어. 우연히 진욱이 동생 일을 알게 돼서. 진욱이가 초등학교 동창이라 동생도 잘 알아. 그나저나 그 댓글 내용은 뭐야?"

일진은 잠시 뜸을 들였다.

"무슨 근거가 있어 한 말이야?"

머뭇거리던 일진은 짧게 응, 대답했다. 재욱이 해 준 말이 머리에서 떠나지 않았는데 혹시 일진이 알까?

"진욱이 관련된 일이지, 그치?"

"꼭 그렇지만은 않아."

일진이 곤혹스러운 표정을 지으며 입을 열었다.

"혹시 지난번 중간고사 때 커닝 사건 알아?"

담임이 얼핏 얘기했던 것 같은데 유나도 정확히 알지는 못했다. 다만 2학년 학생 몇이 부정행위를 하다 감독관에게 걸렸고 결국 시험이 무효 처리되었다고 들었다. 2학년 2학기, 제정신이 박힌 아이라면 본격적으로 입시에 매달릴 때였다. 그러니 평균 1점 올리는 게 자메이카 선수들의 봅슬레이 경기 우승보다 더 어렵다면 어려운 일이었다. 그런데 0점 처리라니? 학생은 물론이거니와 부모까지도 기가 막히고 코가 막힐 노릇일 터였다. 유나 엄마도 마찬가지였겠지만, 그 학부모들도 몇 차례나 학교에 찾아와 사정했다고 한다. 물론 이것도 정확한 정보는 아니고 일진도 아이들에게 들은 이야기라 했다.

"그런 속사정이 있었구나. 어쨌든 걔들 인생 완전 좆 쳤네."

유나 말에 일진이 눈살을 찌푸렸다.

"어쨌거나 한 번의 시험일 뿐이야. 너무 확대 해석하진 마."

넌 대학 안 가? 센 척하기는……. 기분이 상했지만 일단은 말을 듣기로 했다.

"암튼 여기서부터 이야기가 두 가지로 갈라져. 첫 번째 이야기는 좀 심플해. 학부모들이 그렇게 찾아와 애원을 했지만 학교 측이 엄격한 교칙을 내세워 그대로 0점 처리를 했다는 거야. 정의는 살아 있다, 혹은 전통의 영원고다워, 이런 훈훈한 댓글들이 달릴 만한 이야기지. 두 번째 이야기는 좀 달라. 학부모들이 찾아와 사정하자 어쩐지 마음 약한 교사들 사이에서 이견이 생겨났단 거야. 그래도 내신에 치명적인데 그렇게까지 해야 하나, 좀 심한 결정이었다 말들이 나오기 시작했을 때 학부모 중에 돈푼깨나 있다는 분이 학교 발전 기금을 내는 조건으로 0점 처리 결과를 뒤엎었다는 거야. 어딘가 구린내가 나는 이야기라 할 수 있지."

일진은 비교적 그 일에 대해 자세히 알고 있었다. 교실에선 통 말도 없는 녀석이.

"일진아, 넌 어느 이야기가 맞는 거 같아?"

유나는 왠지 어두컴컴한 두 번째 이야기에 마음이 끌렸다.

"그야 모르지. 두 이야기 다 역시 소문일 뿐이니까."

일진의 말이 맞았다. 가만 생각해 보면 학교처럼 소문 많은 곳도 없었다. 명품 백을 들고 다니는 소정 엄마가 학교에 다녀간 후 소정의 체육 수행 평가 점수가 바뀌었다는 소문도, 임승효 아버지가 재벌이라서 국가 대표급 날라리 민지영이 달라붙었다는 소문도, 혹은 음악 선생님이 매점 아줌마랑 불륜의 관계라는 소문도 한동안 학교를 떠돌았었다.

촌지를 바치고 싶다면야 학교가 아닌 제3의 장소가 적합할 테고, 승효가 재벌가 자식이라면 강남도 아닌 이 동네에 살 리도 없고, 음악 선생님이 위험 부담을 감수하면서까지 연애 상대로 삼기에는 매점 아줌마의 몸매가 너무 후덕했다. 소문들은 상식적으로 생각하면 앞뒤가 맞지 않는데도 아이들 입에 오르내리다 보면 엄청난 생명력과 번식력을 가진 이야기로 변모하고 말았다.

하긴, 그런 허무맹랑한 소문이라도 없으면 학교생활이 헛헛해 견딜 수 없을 테니까. 그렇게라도 뺑 튀겨진 거짓 소문이 팥빙수 안의 숨겨진 떡처럼 의외의 맛을 더하는 것일 테다.

"그런데 아직도 한진욱 등장이 멀었어?"

"조금만 참아, 거의 다 왔어. 그 전에 궁금하지 않아? 내가 왜 이렇게 그 일에 대해 잘 알고 있는지?"

그러고 보니 이야기에 끌려오느라 몰랐는데 일진 성격에 어찌 그리 잘 알고 있을까? 일진은 교실 속의 공기처럼, 혹은 닦지 않은 액자 위의 먼지같이, 없는 듯이 존재하는 그런 아이였다.

유나가 의심스럽게 쳐다보자 일진이 어깨를 으쓱했다. 별일 아니란 듯이.

"화장실에서 타인의 비밀을 듣는 거, 영화에서만 가능한 일 같잖아? 근데 내가 직접 겪으니까 결국 영화도 현실을 따라잡을 순 없구나 싶더라고. 그러니까 역 앞에 한강서점 알지? 거기서 책을 사고 나오다 화장실을 잠깐 들렀어. 그 건물은 1층 화장실을 늘 개방해 놓거든. 암튼 난 칸막이 안에서 조용하게 볼일을 보던 중이었어. 그때 어떤 두 녀석이 들어오더니 흥분한 목소리로 자전거 어쩌고 하며 떠드는 거야. 물론 난 볼일에 열중하느라 신경도 안 썼어. 그리고 크게 틀어 놓은 수돗물 소리에 중간부터는 아예 못 들었고. 그러다 잠시 후에 물소리가 그쳤는데 한 녀석 하는 말이 똑똑히 들렸어. 동생한테 맛을 보여 줬으니까 이쯤 되면 한진욱 집에서도 정신 차리겠지, 이렇게 말하는 거야."

일진은 끈적한 목소리만 듣고도 뭔가 사연이 있구나 바로 짐작했다고 한다.

"누굴까 궁금했는데 쉽게 찾았어, 그 녀석들."

그리고 생각보다 빨리 목소리의 주인공을 찾을 수 있었다고 한다.

"걔들이 5반이었구나."

"응, 체육복 빌리러 갔다가 바로 알아챘지. 임우현과 김성준, 너도 얼굴 보면 알 만한 애들이야."

1학년 경주 수학여행 갈 때 같은 열차 칸에 타서 둘 다 아는 얼굴이었다. 그런데 걔들이 한진욱에게 무슨 앙심이 있어 그랬을까?

"처음엔 걔네들이랑 한진욱이 바로 연결되지 않았어. 그런데 앞에 중간고사 얘기의 주인공이 임우현과 김성준이었다면 어때?"

일진의 말에 의하면 커닝 사건의 주역이 바로 임우현과 김성준이었다고 한다.

"그런데 왜 한진욱이야? 문과 이과로 반도 다른데."

유나의 머릿속이 정리 안 된 서랍처럼 뒤엉켜 버렸다.

"학부모 시험 감독. 임우현과 김성준의 커닝을 잡은 게 학부모 시험 감독으로 왔던 한진욱의 엄마였대."

유나네 학교에서는 중간과 기말 고사에 학부모 시험 감독 제도를 도입하고 있었다. 교사는 앞에서, 학부모는 뒤에서 시험 감독을 하는 건데, 대개 학부모들은 뒤에 비치된 의자에 앉아 있기만 해서 유명무실한 제도란 비판이 많았다. 그런데 5반은 조금 특수한 경우였다. 그 반에는 화상을 입어 손이 불편한 여자애가 있는데, 그 애의 마킹을 도와주는 것이 5반 시험 감독 선생님들의 주된 일이라고 한다. 그날도 선생님은 그 애의 마킹을 도와주고 있었고, 머리에 잔뜩 작전을 짜고 온 임우현과 김성준이 그때를 놓치지 않고 답이 적힌 종이를 서로 돌려 봤단다.

"그 녀석들 걸리고 나서도 당당했대. 남의 답안지를 베낀 것도 아니고, 둘이서 답안을 미리 맞춰 본 게 무슨 큰 죄냐고 따졌대. 아무튼 대범하지만 너무 무식한 방법이었던 거지. 쯧쯧!"

일진의 혀 차는 소릴 들으며 유나는 다른 의미에서 그들의 무식함을 비난했다.

"진짜 무식함의 최절정이다. 지네 둘이 답 맞춘다고 그게 정답이란 보장이 있어? 덤 앤 더머보다 못한 최악의 찌질이 팀이네."

전교 50등 안에서 본 적도 없는 두 아이가 머릴 맞대 봤자 비듬밖에 더 나올까? 그런데도 21세기에 맞는 전자 기기를 이용하기는커녕, 고색창연하게 '협동 정신'을 전면에 내세우다니, 유나는 픽픽 웃음이 새어 나왔다.

"이제부터 진욱이가 본격적으로 등장해. 진욱이 엄마가 너무 성급하게 판단하셨던 거 같아. 대부분은 학부모들이 부정행위를 봐도 선생님께 알려 주고 마는데, 진욱이 엄마는 직접 그 종이를 빼앗았대. 앞에서 마킹에 열중하는 선생님한테 알릴 시간이 없다고 판단하셨겠지."

일진의 얘길 듣다 보니 유나는 기가 막혔다.

"그럼 뭐야? 진욱이 엄마에게 향할 화살을 재욱이한테 맞혔다는 거야? 단지 어리다는 이유로?"

심지어 찌질이 팀이 귀엽단 생각까지 했던 유나는 사건의 본질을 생각하자 어이가 없고 부아가 치밀었다.

"맞아. 복수까지 찌질하게 했던 거지."

"일진아, 귀 막아. 딱 십 초만 그 새끼들 욕 좀 할게."

유나는 5반 찌질이들을 향해, 개삐리리, 십삐리리 등 그동안 귓속으로 들어와도 밖으로 내뱉지 않았던 상스러운 욕들을 실컷 해

댔다. 유나가 욕을 하는 동안 일진은 실실 웃으면서 그 욕을 다 듣고 있었다.

"귀 막고 있으라니까!"

유나가 소릴 질러도 킥킥거리기만 했다.

"암튼 일진아, 그 새끼들 어떡해야 되냐? 그냥 확!"

유나가 날카롭게 손을 올리는데 그 손을 일진이 잡아서 끌어 내렸다.

"우린 제삼자야. 그걸 풀 사람은 한진욱과 그 엄마라구."

세상에, 진욱이 이걸 알면 얼마나 속상할까? 콜라 속 탄산가스처럼 유나 맘이 부글부글 끓었다.

유나는 진욱에게 직접 알리기로 마음먹었다. 시험이 끝날 때까지 입 다물고 있자니 어쩐지 비겁해 보였다.

"재욱이 일로 새롭게 알게 된 게 있어. 너, 들으면 기분 상하겠지만 어쨌든 알고는 있어야 할 거 같아서. 혹시 5반에 임우현이랑 김성준 알아? 문과 반이라서 잘 모를 수 있겠다. 그런데 그 애들이 재욱이 사고에 관련된 거 같아."

유나는 머릿속에서 정리된 내용을 진욱에게 전했다. 과외 선생님이 오기 전의 짧은 시간을 이용해야 했기에 마음이 급했다.

그런데, 길길이 날뛸 줄 알았던 진욱의 반응이 너무 맹탕이었다.

"걱정해 줘서 고마워. 이제부터는 내가 알아서 할게."

얘 뭐야, 싶었다. 물컹한 두부를 자르듯 그렇게 쉽게 끝낼 일이 아닌데…….

"혹시 모르니까 아줌마한테도 말씀드리는 게 낫지 않겠어? 걔네들이 또 못된 짓 하면 어떡해."

"내가 알아서 한다니까!"

버럭 소리까지 질렀다. 바로 앞에 있는데도 진욱이 멀어 보였다. 이 싸늘함의 정체는 뭐지? 진욱의 경직된 얼굴 때문에 입을 다물 수밖에 없었다. 그렇지만 유나 맘속엔 잔뜩 엉킨 실뭉치처럼 풀지 못한 의문점들이 남았다. 과외 선생님이 무슨 설명을 해도 머릿속에 들어오지 않았다. 영어도 연애도 이상하게 꼬여 가는 느낌이었다.

기말고사 첫날. 유나는 결국 시험을 망쳤다. 끝나는 종소리가 난 순간 바로 알았다. 이번 시험이 엄청난 재앙 수준임을……. 물론 다른 애들처럼 비가 죽죽 내리는 정도는 아니었지만, 그래도 유나 입장에서는 하늘이 무너질 만큼의 충격이었다. 특목고 입시 실패의 쓰라린 경험이 있었기에 실패가 주는 후폭풍이 어떤지 유나는 잘 알고 있었다.

"너보다 더한 애들도 있으니까 그만 울어."

"야, 아직도 삼 일이나 남았어. 계속 백 점 맞으면 오늘 망친 거 만회하고도 남아."

아이들의 말을 듣고서야 유나는 책상에 파묻고 있던 얼굴을 들었다. 그런 유나 옆으로 일진이 다가오더니 엉거주춤 섰다. 유나는 빨개진 눈을 들어 일진을 봤다.

그래, 일진아, 난 위로가 필요해. 어서 말해.

하지만 꼬이는 날은 끝까지 꼬이는 법!

"뻠, 인생이 끝난 게 아니야. 겨우 시험 하나 망친 걸로 오버하지는 마라."

냉정하게 말하더니 교실을 나갔다.

'맹일진, 너 정말 쿨하다. 하지만 내년에 원서 쓸 때 볼 거야. 그때도 지금처럼 쿨하게 나오는지 꼭 지켜볼 거야.'

유나는 시험지를 박박 찢어 쓰레기통에 처박았다. 그리고 맹일진 생각을 하며 침도 퉤 뱉었다. 하지만 그렇게 해서 꿀꿀한 기분이 풀렸다면 패스트푸드점에서 더블 사이즈 햄버거 세트를 시켜 혼자 먹지는 않았을 것이다. 쇠고기 패티 두 장에, 사이사이 베이컨과 양상추, 토마토가 들어 있는 햄버거는 턱이 빠져라 입을 벌려도 들어가지 않을 정도로 두꺼웠다. 턱이 얼얼할 정도로 햄버거를 베어 먹고 빨간 케첩을 듬뿍 찍은 감자튀김도 질겅질겅 씹어 먹었다. 그리고 볼이 쏙 들어가도록 빨대를 빨아 당겨 콜라를 마셨다. 포만감이 들고서야 맘이 가라앉았다. 거기서 끝이었으면 좋았을 텐데…….

갑자기 위 속에 들어갔던 공기가 다시 밖으로 튀어나올 건 또 뭐람. 그러니까 유나의 트림이 평소보다 크게 나오는 바람에 옆에 앉았던 덩치 큰 남학생들이 "뭐야?" 하며 놀렸고 부끄러움에 고개를 숙이려던 유나는 녀석들을 보며 더 놀라고 말았다. 녀석들은 바로 환상의 찌질이 팀 임우현과 김성준이었다.

원수는 외나무다리에서 만난다고 했던가? 삐죽삐죽 솟은 두 산봉우리를 연결하는 다리. 다리는 평균대 정도의 좁은 폭. 당연히 앞으로도 뒤로도 목숨을 걸고 움직여야 할 정도로 위험한 상황. 게다가 아래로는 끝을 알 수 없는 천 길 낭떠러지까지. 정말 한 치도 물러설 수 없는 완벽한 세팅 아닌가?

그런데 지금 유나의 상황이 그랬다. 이 찌질한 녀석들 신경 쓰다 시험을 망쳐 억울해 죽겠는데 트림 때문에 되려 놀림까지 받아야 하는 상황. 아니, 더 솔직하게 말하자면 이제 막 첫 키스를 한 남친과의 관계마저도 삐걱이게 만들었으니 이 정도면 '외나무다리'의 현대적 버전이라 해도 되지 않을까?

유나는 고개를 빳빳이 들고 녀석들의 얼굴을 쳐다봤다. 듬성듬성 난 여드름에 콧수염이 거뭇했지만 눈가엔 장난기가 그득했다. 덩치는 컸지만 애송이들 같았다. 다시 생각해도 무슨 용기로 그랬는지 모르겠지만 유나는 옆 테이블로 자리를 옮겨 앉았다.

"즐거운 시간에 방해해서 미안한데 내가 긴히 할 말이 있어서."

우후, 대범한데, 하며 녀석들은 유나를 환영했다.

"그만해. 좋은 소식은 아니니까."

유나가 정색하자 그제야 장난을 그만뒀다.

"난 알고 있어. 너희 둘이 자전거 사고 냈다는 거."

유나 말에 콜라를 삼키던 임우현이 사레가 들려 캑캑거렸다. 임우현의 등을 두들기며 김성준이 물었다.

"누구한테 들었어? 말해 봐. 너 4반이지?"

우리 반 누구 얼굴을 떠올리려나. 괜히 일을 크게 만들 생각은 없기에 바로 대답했다.

"그때 김밥세상 안에 있었어."

씨발, 임우현이 주먹으로 테이블을 쳤다. 덤 앤 더머라 해도 김성준이 리더 격인지 임우현보다는 침착했다. 그리고 유나에게 심각하게 물었다.

"그래서 어쩌라구?"

용기 있게 시작한 것까지는 좋았는데 눈초리 매섭게 얼굴을 들이미는 김성준을 보니 잊고 있던 겁대가리가 고갤 들었다.

"너희, 그 애한테…… 사과해야 되는 거 아니야? 치료비도 물고 그래야 맞잖아."

용감한 목격자의 모습을 보여야 하건만 목소리가 떨렸다.

임우현이 유나의 이름표를 보더니 이름을 불렀다.

"허유나, 충고는 고맙지만 이미 다 끝난 일이거든."

끝났다고? 그럼 이건 웬 망신이람!

"우리 학교 한진욱 동생이라잖아. 한진욱이랑도 해결한 거야?"

둘이 있으니 덤 앤 더머도 강해 보였다. '협동심'을 과거의 유물

로만 생각했는데 현재도 꽤 유효한 가치란 생각이 들었다.

"한진욱이랑 해결하다 못 해 그 엄마까지도 만나서 끝냈으니까, 아주 완전한 끝을 냈지. 디 엔드."

김성준이 딱 부러지게 결론을 냈다.

"정말?"

의심해서 물어본 말은 아니었다. 다만 호기 있게 시작한 것에 대한 마지막 몸부림이었다. 그런데 머리 나쁜 녀석들, 유나가 믿지 못하는 걸로 생각했는지 임우현이 쐐기를 박듯 덧붙였다.

"속고만 살았나, 왜 사람 말을 못 믿어? 일이 끝났으니까 돈이 들어왔지. 한진욱 엄마가 용돈까지 주셨거든."

김성준이 야, 하고 막아 보려 했지만 임우현 입을 통과한 말은 고스란히 유나의 귓속으로 쏙 들어온 뒤였다. 진욱의 엄마가 그렇게 너그러운 사람이었나? 사고를 낸 아이들을 용서해 주다 못해 용돈까지 줄 정도로?

유나의 용기는 여기서 끝이 났다. 가방을 들고 일어서는 유나에게 김성준이 말했다.

"너, 입조심해라."

낮은 목소리가 스산했다.

김성준의 눈초리와 목소리가 생각나 유나는 가슴이 벌렁거렸다. 한진욱, 그 애가 뭐라고 일을 크게 벌려 이런 맘고생까지 한단 말인가? '함부로 건드리면 안 되는 아이들' 리스트가 있다면 둘 다 거기에 낄 텐데, 무슨 오지랖으로 녀석들의 성질을 건드려 놓았을까? 편안했던 학교생활이 오늘로 끝나는 건 아닌가 싶어 유나는 불안했다.

'이미 다 끝난 일에 왜 그렇게 설쳐 댔을까?'

걷다 보니 진욱네 아파트 앞이었다. 시험 때라 과외 시간을 바꿔 어제 했건만 아무 생각 없이 걸었나 보다. 아니 무적의 찌질이 팀 때문에 혹시 진욱에게 위로받고 싶은 맘이 있었던 건지도 모르겠다.

김유신은 천관녀의 집으로 향한 말 머리를 베었다는데, 어찌 그리 잔혹하고 무식한 짓을 했을까? 유나는 진욱의 아파트로 걸어온 단신 하체를 꼬집는 대신 문자로 진욱을 불러냈다. 아파트 상가 독서실에 있다는 진욱은 유나가 콜을 하니 총알같이 튀어나왔다. 손에는 따뜻한 캔 커피와 두유 한 병씩이 있었다. 오, 사랑스러운 나의 남친이여!

"어떤 거?"

유나는 캔 커피를 가리켰다. 커피를 건네주며 진욱이 물었다.

"시험 망쳤다며?"

소문은 빠르기도 하여라. 우사인 볼트의 속도가 무색할 정도다.

유나가 힘없이 고개를 끄덕였다.

"지금부터라도 하면 돼. 나도 아는 걸 한 개 놓쳐서 무지 아깝더라."

정말 우등생끼리의 연애답지 않은가? '건전한 청소년 이성 교제' 교본으로 만들어도 괜찮을 것 같은 장면.

유나가 커피를 홀짝거리는 동안 진욱은 목을 돌리기도 하고 허리를 틀기도 했다. 독서실 의자에 꼼짝 않고 오랫동안 앉아 있어 본 사람은 알리라, 몸의 어디 어디가 불편한지를. 유나는 갑자기 시간과 공간을 건너뛰어 어두컴컴한 독서실 한 칸에 자리 잡은 듯한 착각이 들었다.

비릿하면서 퀴퀴한 냄새. '네 성적에 잠이 오냐?'란 낙서가 쓰여 있는 칸막이. 약간은 침침한 스탠드. 볼펜 똥이 묻어 있는 연습장. 아무 생각도 않고 오로지 다음 날 시험에만 몰입했던 시간들.

진욱은 유나가 잠시 잊고 있었던 이미지들을 떠올리게 했다. 유나는 그 속에 어울리는 아이였다. 결코 주제넘게 남의 일에 끼어들 성격이 아니었다. 재욱의 일에 적극 나선 것도 사실은 처음 하는 연애가 가져온 어설픈 치기였음을 이제야 깨달았다.

유나는 진욱의 어깨에 기댔다. 차가운 겨울바람을 다 막아 줄 것처럼 그렇게 든든했다.

"진욱아, 나 아까 걔네들 만났어."

이름을 말한 것도 아닌데 진욱은 바로 알아챘다.

"너 왜 자꾸 그래?"

진욱이 몸을 트는 바람에 유나의 고개가 푹 떨어졌다.

"안 그래도 다 끝난 일이라고 하더라."

"맞아. 다 끝난 일이야."

찌질이들 말이 맞았구나. 혼자 오버하고 다녔다 싶어 얼굴이 화끈했다.

"그 양심 없는 것들한테 한마디 하고 싶었을 뿐이야. 나도 이제 관심 없어."

진욱이 유나의 등을 토닥였다. 진욱의 두툼하면서 큰 손. 등 쪽에서 찌릿찌릿 전기가 오는 것 같았다.

"한마디 한다고 알아들을 줄 알아? 말로는 안 되는 새끼들이야. 엄마도 그냥 사십만 원 잃어버린 셈 치는 게 빠르다고 하더라."

유나 맘속에서 뭔가 확 치솟았다.

"잠깐, 사십만 원이라니 그건 무슨 말이야?"

진욱은 아차, 하는 표정이었다.

"그것들이 말 안 했나 보네. 뭐, 속일 일도 아니니까 말할게. 솔직히 그 새끼들 재욱이한테 대신 복수한 거잖아. 재욱이 전학시키고 강하게 나갈까 생각도 했는데 그래 봤자 그 새끼들이 어디서 또 뒤탈 부릴지 모를 일이고. 엄마가 그러느니 돈으로 덮자고 하시더라. 아니나 다를까, 그 새끼들 돈 주니까 좋아서 환장을 하더라."

머릿속이 엉켜 정확하게 말은 안 나왔지만 유나의 판단은 하나였다. 그건 아니라는 것!

"뭐야, 돈은 좀 아니잖아. 어떻게 그럴 수 있어. 그런 방법은 정치인들이나, 뭐 비리 공무원 같은 사람들이 하는 거 아니야?"

유나의 말에 진욱이 어이없어했다.

"야, 말이 심하다!"

"그렇잖아. 네 동생을 다치게 했다구! 그 새끼들한테 주먹 날리고 다리몽둥이 부러뜨리구, 이런 걸 바라는 건 아니야. 그래도 속 시원하게 어떻게 그럴 수 있냐 하면서 큰소리 한번은 쳐 줘야 맞잖아. 돈으로 해결하다니, 그건 정말 아니잖아."

유나의 발끈하는 모습에 진욱이 오히려 화를 냈다.

"남의 일이라면 나도 그렇게 말할 수 있어. 하지만 내 동생이 당한 일이야. 무엇보다 안전하게 해결할 방법을 선택할 수밖에 없다고. 그리고 배울 만큼 배운 정치인들이 왜 돈으로 사건을 덮을 것 같니? 그게 제일 빠르니까, 가장 확실한 방법이니까 그런 거잖아. 그러니까 네 동생 일 아니라고 함부로 말하지 말아 줘."

진욱은 당당하다 못해 의기양양했다. 마치 빠르고 확실한 지름길을 아는 선구자라도 되는 것처럼…….

착실히 학생의 본분을 다하는, 그래서 열심히 공부하는 아이. 말은 없지만 속이 깊어 정의로움을 아는 아이. 유나는 진욱이 그럴 거라 생각했었다. 아니, 그렇게 야무지진 않더라도 뒤로 시키면 속을 숨기고 있을 거란 생각은 해 보지 않았다.

진욱을 위해 머리가 타도록 고데를 하고, 귓등에 향수도 뿌리고, 밤에는 여드름 진정제를 온 얼굴에 바르고 잤는데……. 어설펐지만 단둘이 보냈던 시간은 꿈같았고 첫 키스의 기억은 머릿속에 고스란히 새겨졌는데…….

그런 사랑이 저런 애라니. 차라리 쌍욕을 했더라면, 주먹을 휘두르다 엎어터져 코피가 날지라도 지금의 비겁한 모습보다는 나을 것 같았다.

"나 갈게."

이미 차갑게 식어 버린 커피 캔을 남겨 놓고 유나는 뒤돌아섰다. 몸뿐만 아니라 마음까지도 진욱을 떠나려는 듯 발걸음이 무거웠다. 귓가로 찬바람이 윙윙 지나쳐 갔다.

유나는 고개를 돌려 진욱을 바라봤다. 진욱은 아직까지도 벤치에 앉아 있었다.

'저런 놈과 첫 키스를 했다니, 진짜 억울해!'

유나의 날카로운 눈빛과 마주친 진욱은 황당한 표정을 지었다. 끝내 뭐가 문제인지 모르는 얼굴이었다.

이제 정말 끝났다는 생각이 들자 유나는 가방을 내던지고 진욱에게 달려갔다. 그리고 멍청하게 벌어져 있던 진욱의 입술 위에 박치기라도 하듯 강하게 입을 맞췄다.

"받은 만큼 돌려준 거야. 그러니까 우리 키스는 완전 무효야!"

도둑맞은 첫 키스를 찾아오는데 갑자기 눈물이 주룩 흘렀다. 이별 역시 첫 키스처럼 느닷없이 찾아왔다.

어두워져 가는 하늘에서 작은 별 하나가 반짝였다. 이별을 축하

해 주듯이. 서울 하늘에 웬 작은 별? 놀라지 마시라. 이별의 아픔으로 머리가 어떻게 된 거 아냐? 걱정도 마시라. 진짜니까. 아파트 상가 지하의 '작은 별 노래방' 네온사인 간판이 불을 밝혔다.

유나는 작은 별 노래방에서 미친 듯이 노랠 불렀다. 노래 속에서 연애도 하고 이별도 하고 성공도 하고 하늘을 날기도 했다.

"이렇게 멋진 파란 하늘 위를, 날으는 마법 융단을 타고……."

"사람들의 잘못인가 난 모두를 알고 있지 닥쳐, 노래하면 잊혀지나……."

'너 어디야, 빨리 안 와?'

엄마의 협박 문자가 계속 들어오고 있지만 싹 무시했다. 어차피 울면서 이별을 맞이할 거라고 생각하진 않았지만 그래도 허전한 마음은 여전했다. 유나는 목이 쉬도록 한 시간 동안 노랠 부르고, 보너스 삼십 분이 아까워 또 불러 젖혔다.

노래방을 나오니 말 한마디 못 할 정도로 목이 아팠다. 휴대폰을 꺼내 시간을 확인하려는데 '부재중 전화 25통'이란 글자가 보였다. '잔소리 대마왕'과 'H'의 번호가 번갈아 가며 찍혀 있었다. 엄마도 진욱도 분명 열 받아 있겠지.

유나는 편의점에서 따뜻한 두유를 사 먹었다. 몇 시간째 텅 비어 있던 위 속으로 두유 한 모금이 들어가자 잊고 있던 공복감이 밀려왔다. 전기밥솥에서 얌전히 유나를 기다리고 있을 밥이, 침이 돌 만큼 얼큰한 김치찌개가, 들기름 향이 고소한 김이 눈앞에 떠올랐다.

공복의 힘은 실로 대단했다. 시험 망친 게 뭐 대수라고, 진욱이
랑 깨진 게 무슨 큰일이라고, 이렇게 밥시간까지 넘기며 호들갑을
떨었나 싶었다. 유나는 등에 달린 백팩이 흔들리지 않게 단단히 어
깨끈을 조였다. 그리고 침의 파편과 엄청난 잔소리가 쏟아질 집으
로, 앞으로 다가올 새로운 사랑의 시간들을 향해 발걸음을 옮겼다.

좌절하기엔 아까운, 못 먹어도 고(go) 할 나이, 유나는 아직 열
여덟 살이었다.

울지
지
않는
이
유

생일날

    그날은 일진의 열일곱 번째 생일이었다. 일진이 특별하지 않은 것처럼 일진의 하루도 남들과 다르지 않았고 생일 역시 마찬가지였다.

    일진은 미역국에 밥을 몇 숟갈 말아서 먹다가 국물은 후루룩 들이켰다.

    "생일인데 좀 더 먹잖고?"

    엄마의 아쉬운 듯한 목소리가 여느 날과 조금 달랐으려나? 엄마는 보리차로 입가심하는 일진을 애잔한 눈빛으로 바라봤다. 어쩌면 엄마는 십칠 년 전 스무 시간의 진통을 겪으며 세상 밖으로 내놓은 아들이 어느새 이렇게 컸나 감회에 젖은 듯했다. 하지만 그건 엄마 혼자만의 감격은 아닐 것이다. 십칠 년 전 태어난 아이들은 모두 크고 작은 말썽을 부리며 열여덟 살의 나이를 먹었을 테니까. 물론 그 아이들이 똑같지는 않을 테니 잘난 놈, 못난 놈이 존재하겠지만, 세상 모든 엄마들의 눈에 덮인 콩깍지 덕분에 자식이라면 모두 잘난 놈이 될 수밖에 없으니 얼마나 다행스러운 일인가?

일진은 엄마의 감격을 더해 주기 위해 아직 초도 안 뺀 채 식탁 위에 있던 케이크의 크림을 손가락으로 빨아 먹었다.

"한 조각 자를까?"

일진이 고개를 젓자 엄마는 서운한 얼굴이었다.

상당히 잔잔했던 아침 식탁 분위기를 반전시킨 사람은 아버지였다. 아버지가 숭덩 집어 오던 총각김치를 젓가락에서 놓쳐 식탁 위에 얼룩을 남겼고, 나이 생각 않고 퍼마시니 이렇게 손힘이 딸리는 게 아니냐는 엄마의 잔소리가 이어졌다.

"이거 왜 이래? 아직은 쓸 만한 몸뚱이라고. 당신도 봤지? 어제 김 군이 20킬로 쌀 두 포대 갖고 쩔쩔매는 걸 내가 한꺼번에 들었잖아."

아버지는 언제나 진실과 허풍의 경계를 조금씩 넘나들며 이야기를 한다. 일진이 에이, 하며 못 믿는 얼굴을 하자 이번엔 오로지 노동으로만 단련된 알통을 보여 주기 위해 소매를 걷어 올리려 했다.

"아휴, 식사나 하세요. 김 군이야 급해서 쓰는 애지, 걔가 어디 사람 구실 하겠어요? 바람만 잔뜩 든 애랑 뭘 비교를 해요? 그게 무슨 자랑거리라고."

가게에 새로 들어온 형 이야기를 하는 눈치였다. 노란 머리에 껌을 짝짝 씹는 모습이 왠지 오래 있진 않겠구나 하는 느낌이었다.

"아빠는 속이 좀 부대끼는데 넌 괜찮니?"

일진이 네, 라고 대답하자 아버지가 또 물었다.

"선물도 맘에 들지? 그거 꽤 주고 산 거다. 암튼 아빠는 어젯밤에 굉장히 기분 좋았어. 우리 아들이 남자 다 됐구나 싶어서."

아버지가 식탁 옆에 서 있던 일진의 엉덩이를 툭툭 쳤다.

"이제 너는 아무 걱정 없이 공부만 열심히 하면 돼. 알았지?"

아무 걱정 없이 공부? 일진은 고개를 푹 숙였다.

경제마트 셔터가 올라가는 소리를 들으며 버스를 탔다. 6시 47분, 아직 주위는 어둑한데 버스 안은 이미 교복 입은 학생들로 가득했다.

모의고사 결과가 완전 바닥이라 속상해 죽겠어. 괜찮아, 그 아래 내가 있으니까. 엄마가 인 서울 못 할 거면 대학 가지 말래. 우리 엄마는 더해. 그럴 거면 차라리 접시 물에 코 박고 같이 죽재. 원치 않는데도 옆에서 속삭이는 두 여학생의 목소리가 귓속으로 파고들었다. 얼핏 보니 한 명은 눈이 빨갰다. 공부를 한 걸까, 아니면 밤새 훌쩍이며 운 걸까. 쯧쯧, 가여운 청춘이여! 그러나 내 코가 석 잔데 지금 누구 걱정을 하는 거야, 싶어 쓴웃음이 나왔다. 지난주에 본 모의고사 성적이 더 떨어졌다. 고3이 코앞인데 초라한 성적을 보니 한숨만 나왔다.

"일진아, 앞으로 딱 일 년만 죽은 듯이 살자. 누가 뭐래도 인생에서 가장 중요한 시험이 바로 대학 입시거든. 아빠도 대학을 못 나온 게 얼마나 한이 되는데? 너는 아빠랑은 다르게 살아야지. 응?"

공부 얘기만 나오면 부모님께 면목이 서질 않았다. 그렇지만 모든 자식들이 다 1등을 할 순 없지 않을까? 26등도, 32등도, 반 꼴등, 전교 꼴등도 누군가는 해야 하지 않을까? 그러면 엄마는 그러겠지.

"그걸 왜 네가 해야 되는데?"

틀린 말은 아니지만 일진이 갖고 있는 질문의 대답은 되지 않았다. 그렇다고 일진이 '누군가는 하지 않으면 안 되는 일'이라는 나름의 큰 사명감이 있어 하위권 성적을 유지하는 건 아니었다. 어쩌다 보니 그런 성적으로 굳어져 버린 거였다. 어쩌면 공부하기 싫은 것에 대한 핑곗거리를 철학적으로 찾고 있는 건지도 모르겠지만……

사건은 3교시 수학 시간에 일어났다. 그것도 각별히 수업 분위기를 신경 써야 하는 변사또 시간에. 학교에서 선생님들이, 어제

국어가 2반에서 노래 불렀대, 처럼 과목명으로 불리지 않고 독특한 별명으로 불린다는 건 어떤 면으로건 꽤 유명하다는 뜻이다. 그것이 페이머스건 노토리어스건 간에. 비현실적인 다리 길이, 커다란 눈, 깎아 놓은 듯한 코 때문에 만화 주인공을 줄여 '만주'라고 불리는 사회 선생님이 페이머스의 대표적 예라면 변태, 사이코, 또라이의 줄임말인 변사또는 노토리어스의 최고봉이었다.

변사또는 피곤한 듯 목을 돌리며 수업에 들어왔다. 그러더니 함수를 설명하느라 칠판 가득 그래프를 그렸다 지웠다 하며 짜증스러운 표정을 지었다. 오늘 조심해야겠는걸. 졸음이 밀려오기 시작한 일진도 변사또의 저기압을 감지하고는 정신을 바짝 차렸다.

변사또의 저기압 기류를 확장시킨 건 네 명의 아이들이었다. 변사또는 한참의 설명 후 칠판에 함수 문제를 냈는데 공교롭게도 불려 나온 애들이 모두 풀지 못했다. 결국 변사또가 한마디 했다.

"너희 반이 2학년 중간고사 꼴찌라는 거 말해 줬지? 어째 여긴 채석장도 아닌데 이렇게 돌들이 많냐? 머리도 써야 좋아지는 거야. 목 위에 돌 얹고 있으려니 너희도 힘들지?"

비웃음이 담긴 농담이었지만 그냥 넘어갈 수도 있었다. 그런데 이 농담을 학생 인권에 대한 논쟁으로 바꿔 버린 건 유나였다.

"그럼 선생님은 채석장에서 수업하는 게 좋으세요? 듣기 거북하네요."

변사또가 누군지 확인하듯 목을 길게 뺐다.

"어, 유나! 그래, 유나라면 채석장 소리가 듣기 억울하지. 돌이라고 다 같은 돌은 아니니까. 그럼 유나는 다이아라고 해 두자. 이제됐지?"

수업에 방해될까 그러는지 변사또가 한 걸음 물러났다. 그런데 유나가 한마디 더 거들었다.

"그런 뜻이 아니란 거 선생님도 아시잖아요?"

문제를 쓰던 변사또가 칠판에서 돌아서더니 유나의 얼굴을 뚫어지게 쳐다봤다.

"왜, 다이아도 싫어?"

유나가 대답이 없자 와이셔츠 단추가 벌어질 정도로 비대한 선생님의 어깨가 순간 들썩였다.

"내가 말실수라도 했다 이 말인가? 그럼 네가 다이아인지 돌인지 알아볼 수 있게 이 문제 풀어 봐."

변사또는 원래 기분의 편차가 심한 편이었다. 그래서 앞 반 수업 때 저기압이었다는 정보를 입수하면 반장이 사비를 털어 산 캔 음료를 교탁 위에 놓아두곤 했다. 그렇다고 마냥 흐린 날만 있는 건 아니어서 학기 초에는 2학년 전체에 아이스크림을 쏘기도 했다. 아무튼 오죽하면 변사또라 불릴까?

유나는 앞으로 나가 침착하게 문제를 풀었다. 매일 누워 있던 양원재까지도 눈을 비비며 깨 있는 걸 보니 확실히 비상사태였다. 옆에 앉은 정범기는 어이없는 표정을 짓더니 입 모양으로 왜 이러는 거야, 라고 물었다. 하지만 왜 이러는지 누가 알겠는가?

그때였다. 어디선가 휴대폰 벨 소리가 들렸다. 진동도 아닌 과감한 멜로디, 게다가 최신 곡이었다. 아이들을 향해 돌아선 선생님의 얼굴이 거의 흙빛이었다. 누군가 완전 겁대가리 상실한 짓을 한 거다. 그것도 하필 변사또 앞에서.

영원 고등학교는 교내에서 휴대폰 사용을 금지했다. 그래서 수업 전에 휴대폰을 끄고 교실 앞 휴대폰 수거함에 집어넣었다가 수업이 끝나면 돌려받았다. 간혹 휴대폰을 끄지 않고 진동으로 했다가 수업 중에 걸려 벌점을 받은 경우가 있었지만 이렇게 대범하게 벨이 울리는 경우는 본 적이 없었다.

소리는 가까운 곳에서 울렸다. 수거함이 아니었다. 다행히 벨 소리는 잠깐 울리다 끊어졌다.

"누구냐?"

저음에서도 저런 울림이 있을 수 있다니……. 낮게 깔리는 목소리가 적막한 교실을 휘감았다. 변사또는 벌게진 눈으로 아이들을 한 바퀴 훑었다. 누군지 걸리면 죽는다는 무언의 메시지였다. 숨쉬기가 무안할 정도로 조용했다.

그런데 벨 소리가 끝이 아니었다. 이번엔 "띠링" 하고 문자가 도착했음을 알리는 신호음이 들렸다.

"어떤 놈인지 반드시 잡는다. 이제부터 아무도 움직이지 마. 문자를 확인 안 했으니 또 신호음이 울릴 거다. 넌 들어가."

입술만 잘근거리며 씹던 유나가 자리로 돌아가 앉았다. 변사또가 소리가 난 방향인 복도 쪽 분단을 향해 걸어왔다. 얼굴이 땀으로 번들거렸다.

일진은 꼼짝도 않은 채 눈만 움직였다. 분명 일진 근처였다. 고개만 돌릴 수 있다면 범기 얼굴을 보고 싶었다. 아무래도 범기가 의심스러웠다. 양궁부 녀석이라 수업에 빠지는 날이 많으니 휴대폰 규칙 따위야 잊어버릴 수도 있었다.

변사또의 바람처럼 신호음은 또 울렸다. 그런데 아주 가까운 곳이었다. 범기 자리까지도 아닌 바로 옆. 순간 일진은 머리가 쩡 하고 깨질 듯이 소스라치게 놀랐다.

"최신형이라 엄청 주고 샀어. 잃어버리지 않게 가방 속주머니에 넣는다."

아침밥을 먹는 동안 일진의 방에 들어갔던 엄마가 뭐라고 했는데 아마도 이런 말이었던 것 같다. 믿고 싶지 않지만 어제저녁 생일 선물로 받은 고가의 최신형 휴대폰이 일진의 가방 안에 들어 있는 것이다.

일진은 문자 신호음이 울리기 전에 손을 들었다.

"저, 저 같은데요, 선생님!"

목소리가 떨려 나왔다. 변사또가 일진의 얼굴을 보더니 미간을 좁혔다. 뭔가 생각이 날 듯 말 듯 한 표정이었다. 변사또는 일진의 이름표를 손으로 잡으며 한 글자씩 읽었다.

"맹. 일. 진. 오라, 너로구나!"

비로소 생각이 난 눈치였다.

하필 변사또라니! 온몸에서 힘이 쭉 빠졌다. 그런데 계속 둥당거리던 마음만은 의외로 담담했다. 그 순간 일진은 다시 돌아갈 수 있을까 싶은 어떤 기억을 떠올렸다. 지금의 일은 어쩌면 그때부터 꼬인 걸까?

육 개월 전

우연과 필연 사이에는 얼마만큼의 상관관계가 있을까?

그날 아침 마트 앞에 떨어진 신문을 집어 들지 않았다면, 혹은 신문의 6면 'people' 기사를 보지 않았다면, 진로 교육 시간에 희망 직업을 대충 적어냈다면, 공청회에 학생 대표로 나가는 일은 없지 않았을까?

'인권 운동가.'

교육청에서 나온 진로 교육 강사가 나누어 준 장래 희망 칸에 일진은 뜬금없이 그렇게 적었다. 한 번도 생각해 본 적이 없었음에도 망설이지 않고 그렇게.

학교 가는 내내 일진은 한평생을 소외 계층의 인권 옹호를 위해 살았다는 초로의 남자 얼굴이 크게 박힌 기사를 읽었다. 반백의 머리, 시커먼 얼굴, 이마의 굵은 주름은 그 삶이 얼마나 고됐을까를 짐작하게 했다. 반면 웃음은 어찌나 환하던지 눈가의 잔주름이 마치 값진 인생의 바코드처럼 느껴질 정도였다.

'누가 슈퍼 아들 아니랄까 봐, 바코드라니!'

버스 안에서 혼자 키득키득 웃었지만 멋진 표현이 맘에 들었다.

"오늘은 여러분의 장래 희망에 대해 알아볼 거예요. 그래서 그 직업을 갖기 위해서는 대학에서 무슨 과를 전공해야 하는지, 어떤 준비를 하면 좋은지에 대한 정보를 줄 생각입니다."

사실상 입학 상담이었다. 일진은 딱히 되고 싶은 게 없었다. 어렸을 때는 수의사가 되고 싶었지만 문과를 선택했기에 그 역시 물 건너가 버렸다. 뭐라고 쓸지 망설이고 있을 때 아침에 신문에서 읽은 기사가 떠올랐고 장래 희망 칸에 '인권 운동가'라는 다섯 글자를 적었다. 그렇게 눈에 띄는 직업인 줄 알았으면 절대로 적지 않았을 거다.

"문과니까 의사는 없다 쳐도 변호사, 검사 이런 직업들도 전혀 안 보이네."

설문지를 훑어보는 진로 교육 강사 말에 누군가 대답했다.

"원한다고 누가 시켜 주나요?"

킥킥 웃는 소리가 났지만 사실이었다.

"와, 7급 공무원? 이건 정말 현실적이네. 누가 썼니?"

공부를 곧잘 하는 엄희성이 손을 들었다.

"비정규직, 조기 퇴직, 뭐 이런 걱정 없는 안정적인 공무원이 좋을 거 같아서요."

녀석다운 대답. 맞는 말인데도 듣는 내가 왠지 맥이 빠졌다.

"초등학생들은 연예인이라고 쓴 게 많이 보였는데 여긴 통 없네."

"비주얼을 한번 보세요. 저희도 양심은 있답니다."

양원재의 장난스러운 말에 왁자한 웃음소리가 퍼졌다.

그 후로도 공무원, 교사, 기자, 은행원 등 대부분 자신의 성적에서 넘겨볼 만한 직업들이 나왔다. 외교관이라고 쓴 유나를 향해 "쟨 꿈도 야무지다."라고 할 정도였으니 말이다.

"여기 하나 건졌다. 인권 운동가. 도대체 누구세요?"

대박이다, 우리 반에서 반기문 나오는 거야, 너스레 떠는 소리가 들렸다. 이크, 너무 튀었나 싶었지만 뒤늦은 후회일 뿐. 일진은 조용히 손을 들었다.

"인권 운동가라, 좀 막연해서 그런데 구체적으로 말해 줄래?"

구체적이라니? 아침에 본 기사에 필 받아서 급조했으니 애당초 계획 같은 게 있을 리 없었다. 일진이 머뭇거리자 강사가 먼저 물었다.

"시민 단체에서 일하겠다는 거니?"

시민 단체가 뭐하는 건지도 잘 모르겠지만 일진은 고갤 끄덕였다. 그리고 덧붙여 말했다.

"이주 노동자, 성적 소수자, 철거민 같은 우리 사회의 소외 계층을 위해 일하고 싶습니다."

와, 소리가 들렸지만 고개를 들기가 쑥스러웠다. 신문에 나왔던 말을 그대로 옮긴 거였으니까.

"좋은 생각이네. 이렇게 구체적으로 자신의 장래 희망을 계획해야 하는 거야. 이제부터 여러분의 꿈을 이루기 위해서 어떤 길을 가야 하는지 알려 줄게. 먼저 공무원 쓴 사람이 많은데, 공무원은 국가에서 시행하는 공무원 시험을 봐야 될 수 있어. 굳이 대학의 전공을 가리진 않으니 앞으로 대학 진학할 때 좀 자유로울 수 있고……."

강사가 말하는 내내 일진은 가슴이 따끔거려 애를 먹었다. 하지만 그때만 해도 희망 직업란에 몇 글자 쓴 걸로 더 큰 일에 엮이게 될 줄은 미처 몰랐다.

학교에서 휴대폰 소지를 금하는 교칙을 만들겠다고 발표한 날은 하필 만우절이었다.

"아, 말도 안 돼요. 지금 농담하시는 거죠?"

아이들이 몇 번이나 되물었지만 담임은 난처한 표정으로 고개를 저었다.

"흥분 가라앉히고 얘기 좀 들어. 학부모들이 단체로 청원을 넣으셨나 봐. 너희들도 알다시피 최근 몇 년간 우리 학교 진학률이 영 아니었잖아. 그래서 학교에서도 면학 분위기 조성을 위해 어쩔 수 없이 결정을 내린 모양이야."

간혹 수업 시간에도 휴대폰 소리가 나는 경우가 있었지만 자주 있는 일은 아니었다. 그리고 휴대폰 소지를 금지한다고 해서 면학 분위기가 조성되고 대학 진학률이 좋아진다고는 생각할 수 없었다.

"급하게 연락할 일이 생기면 어떡해요?"

가장 크게 닥칠 문제였다.

"그래서 학생들이 이용할 수 있게 유선 전화기를 몇 대 설치할 계획이야."

그리고 학교가 할 수 있는 상식적인 해결 방법이었다.

"그거, 수신자 부담으로 하는 거죠? 그럼 완전 민폐잖아요? 그리고 모르는 번호를 보고 누가 제 전화를 받겠어요?"

"갖고 있는 휴대폰을 소용없게 만들면, 약정 때문에 해지도 못 하는데 돈만 낭비하는 거잖아요?"

볼멘소리가 여기저기서 터져 나왔다. 그리고 이렇게 불만을 표출한 게 일진의 반만은 아니었고 심지어 다른 반에서는 구체적인 반대 움직임까지 있었다. 결국 2학년 7반 윤희란은 인터넷상에 '휴금반(휴대폰 금지 교칙 반대)' 카페를 개설하고 일방적인 교칙 제정을 반대하는 학생 서명을 받으며 학교 측에 공청회를 제안했다.

청소년 인권 단체에서 활동하는 걸로 알려졌는데 역시 아이디어가 신선했다. 아이들은 공청회를 개최하자는 제안에 줄줄이 찬성 댓글을 달았고 결국 윤희란의 제안은 현실화되었다. 운 좋게도 영원고가 학생들의 의견을 수렴하는 '신문고 제도'의 시범 학교였기에 많은 학생들이 요구하는 공청회를 외면할 수 없는 속사정이 있었다.

학교에서는 학교, 학부모, 학생 측으로 나눠 각각 다섯 명의 패널을 모아 공청회를 하겠다고 발표했다. 그러자 또 학생들의 반발이 있었다. 이유인즉 학교와 학부모 측은 당연히 휴대폰 소지 반대파일 테니 학생들이 일방적으로 불리하다는 거였다. 결국 밀어붙이기 식 결정은 안 하겠다는 학교 측의 약속과 함께 공청회 날짜가 정해졌다. 그런데 문제가 생겼다. 어렵게 만든 공청회에 아무도 나서지 않으려 한다는 거였다. 고3은 입시가 코앞이고 고1은 아직 적응 기간이니 힘들겠다는 예상은 했지만 2학년에서도 공청회 참가를 신청하는 아이들은 나타나지 않았다. 뭉쳐 있을 땐 몰라도 앞에 나서면 왠지 찍힐 것 같고 그러면 내신에 불리하게 작용할 거란 생각 때문이었다.

일진도 틈이 나면 '휴금반' 카페에 들어갔다. 공청회 나갈 학생을 모집한다는 의견란엔 갖가지 핑계들이 줄을 이었다. 학원 시간이 빡빡하다, 담임 성격이 장난 아니다, 부모님이 알면 난리 난다 등등. 개중에는 A형이다, 4대 독자다 하는 장난스러운 댓글도 보였다.

결국 카페를 처음 만든 여학생과 학생 회장이 공청회에 참가하겠다는 의사를 표시했다. 그리고 다음 칸에 의외의 인물 한 명이 공청회를 자원했다. 이과반 1등이라는 한진욱!

'꼭 휴대폰이 필요해서.'

나가겠다는 이유는 간단했지만 소신 있어 보였다.

패널을 모집한다는 제안에 달린 댓글을 읽다 보니 누군가 일진의 이름을 써 놓은 게 보였다.

'4반에 인권 운동가가 꿈인 맹일진에게 권해 보면 어떨까 ―얼음성.'

얼음성? 아이디로 써 있어 누군지 알 수 없었지만 같은 반인 건 짐작할 수 있었다. 진로 교육 시간에 써냈던 걸 다른 반 아이가 알 수 없을 테니 말이다.

일진은 망설였다. '누굴까' 때문이 아니라 '어떻게 할까' 문제로. 잠시 후 카페지기에게 쪽지를 보내 공청회 참석을 알렸다. 말에 책임을 져야 한다는 생각에 '얼음성'의 댓글을 외면할 수 없었다.

밤늦게 카페에 네 명의 참가자들이 정해졌다는 공지가 뜨자 나머지 한 명이 자원하고 나섰고, 다음 날 아침 다섯 명의 이름이 최종 공개됐다.

2학년 1반 한진욱

2학년 3반 김정하
2학년 4반 맹일진
2학년 7반 윤희란
1학년 8반 박현범

그렇게 우연히, 어쩌면 필연적으로 일진은 그 일에 엮이게 되었다.

공청회는 과학실에서 비공개로 열렸다. 직사각형의 실험대 세 개를 연결해 놓고 앉은 열다섯 명의 패널들 얼굴이 자못 비장했다.

"지금 우리는 새로운 교칙을 정하는 문제로 이 자리에 모였습니다. 그냥 밀어붙일 수도 있지만 민주적인 절차를 중시하는 교장 선생님과 우리 교직원 일동은 반대 의사를 밝힌 학생들에게도 발언의 기회를 한번 줘야 하지 않을까 생각했습니다. 그래서 이 자리가 마련되었으니, 아무쪼록 허심탄회하게 의견을 나누고 좋은 결론을 내리는 자리가 되었으면 좋겠습니다."

교감 선생님은 공청회 자리가 특별하다는 점을 강조했다. 먼저 발언한 쪽은 학부모 측이었는데 휴대폰 때문에 시험을 망친 자녀들에 대한 성토대회 같았다.

"이건, 공부 좀 하나 들여다보면 그새 친구랑 문자질을 하고 있어요. 그러니 제가 속이 안 타겠어요? 그래서 공부할 때만이라도 꺼 놓으라고 하면 공부랑 휴대폰이 무슨 상관이 있냐고 막 성질을 내는 거예요. 이러니 무슨 성적이 좋게 나오겠어요? 제가 볼 때는 요새 애들 휴대폰 중독이에요. 그런데 학교에서라고 괜찮겠어요?"

발언한 학부모 옆에 앉은 다른 학부형도 "맞아요, 맞아." 하며 맞장구쳤고, 그 뒤로도 휴대폰 때문에 자녀의 공부가 얼마나 엉망이 됐는지에 대한 피해 사례가 이어졌다. 충청도 어느 학교가 휴대폰을 금지하고 도내 최고의 진학률을 자랑하게 됐다는 실례를 준비해 온 분도 있었다. 내용은 달랐지만 마치 '휴대폰 너 죽고 나 죽자' 모임에서 선발된 사람들처럼 모든 문제가 휴대폰에서 비롯됐다는 듯이 비분강개하는 말투였다.

"그래도 야자 끝나고 늦게 올 때 휴대폰이라도 있어야 맘이 놓이던데……."

그 속에서 휴대폰 소지 찬성파는 제대로 말 한마디 못 하는 분위기였다.

일진 옆에서 보던 윤희란이 "어휴, 성질 나." 하며 가슴을 탕탕 쳤다.

"저희도 학교에서만은 휴대폰 사용을 막고 싶지만 여의치가 않은 게, 개인적인 물건이라서요. 함부로 뺏을 수도 없고요. 그리고 요즘 학생들이 어떤지 더 잘 아시지 않습니까? 교사가 조금만 뭐라 하면 휴대폰으로 몰래 찍어 인터넷에 올리고……. 암튼 우리 교사들도 그래요, 휴대폰이 제일 무섭다고."

학교 쪽 패널로 참가한 변사또는 아예 학부모들을 향해 고갤 돌린 채 말했다.

"그러니까 교칙으로 정하자는 거지요."

학부모들이 이구동성으로 대답했다.

"학부모님들께서 말씀하시는 휴대폰의 폐해는 저희도 충분히 인지하고 있습니다. 그래도 여기가 우리들 입장만 밝혀서는 안 되는 자리라 학생들 의견을 안 들어 볼 수는 없겠네요. 누가 먼저 말할까?"

휴대폰의 '폐해'란 단어로 초반부터 학생들을 입막음하려는 것도 웃긴데 '우리'라니, 도대체 누가 누구와 우리로 묶였단 말인가? 일진은 변사또의 얼굴을 쳐다봤다. 교묘하게 학부모들을 부추기는 말을 하다니, 페어플레이에 어긋나는 행동이다.

먼저 입을 연 건 윤희란이었다.

"부모님들이 걱정하시는 게 뭔지는 잘 알고 있습니다. 저도 집에서야 통화도 문자도 많이 하지만 실제로 학교에서 노골적으로 휴대폰을 사용하는 일은 거의 없습니다. 그건 물론 저뿐만이 아니고요. 가끔 꺼 놓는 걸 잊어버린 학우의 휴대폰이 수업 시간에 울리는 일이 있긴 하지만 자주 있는 경우도 아니고요. 그런데도 휴대폰이 면학 분위기를 망친다는 논리는 억지라고 생각합니다."

말이 끝나자 변사또가 윤희란의 얼굴을 빤히 쳐다봤다.

"네가 카페 개설했다는 애냐?"

공청회 나가기 전 학생 측 이름을 교무실에 알렸다고 했는데 뭔가 심상치 않은 느낌이었다.

"네. 그런데 그게 지금 이 자리랑 무슨 상관이 있어요?"

윤희란이 눈을 치켜뜨며 물었다. 윤희란의 도발적인 말투 때문일까 변사또의 태도가 약간 수그러들었다.

"아니, 그냥 궁금해서 물어본 거야."

하지만 쏘아보는 눈빛만큼은 날카로웠다. 그러자 학부모 몇몇이 윤희란에게 적대감이 담긴 시선을 보냈다. 윤희란 얼굴 완전히 익겠네. 쯧쯧.

"자, 처음부터 너무 강하게 나가는 건 안 좋아요. 목 타시는 분들 앞에 놔둔 주스 한잔씩들 드세요. 건강 생각해서 야채 주스로 했는데 다들 입에 맞으시려나 모르겠네요. 허허."

분위기가 과열된다 싶었는지 교무 주임 선생님이 너스레를 떨었다.

일진은 당도가 느껴지지 않는 토마토 주스를 한 모금 마시다 내려놨다. 학생들이 말할 차례인데 누구도 말을 꺼내지 않았다. 그렇다면 내가 해야 하나, 일진이 입을 열었다.

"저, 뭔가 하나 묻고 싶은 게 있는데요. 저는 우리 학교 교칙에 어떤 게 있는지 잘 모르거든요. 하지만 아침에 학교에 오면 선도부에서 두발과 복장 검사를 하고 또 걸리면 벌점도 받잖아요. 단속에

대한 세부 규칙이 분명히 있을 텐데 그것에 대해선 어느 누구에게
도 들어 본 적이 없고요. 그런데도 규칙에 따라 단속은 이루어지고
있으니 그런 점은 문제라고 생각합니다."

휴대폰 금지 사안과는 거리가 먼 것 같아 망설이다 꺼낸 말이
었다.

"아, 그거야 중학교 때부터 봐서 알 거 아냐. 머리가 귀밑으로 늘
어지면 걸리겠구나, 복장이 불량하면 잡힐 거다, 대충 통밥으로도
답이 나오잖아."

교무 주임 선생님은 일진의 질문이 말 같지 않다 생각했는지 시
큰둥하게 대꾸했다.

"그래도 제 생각엔 그런 교칙에 대해 자세하게 알려 주고 검사
를 하는 게 맞는 방법일 것 같습니다. 그리고 또 하나 말씀드리자
면 이번 휴대폰 금지 같은 새로운 교칙이 생길 때는 이런 공청회
자리가 꼭 필요하다는 거지요. 잠깐만요."

일진은 가지고 온 가방을 뒤적거려 메모지를 한 장 찾아냈다.

"어딨더라, 아, 여기 있네요. 그러니까 2000년 교육부에서 '자율
규정'이란 걸 정했는데, 거기에 보면 학생회 등의 자치회를 통해
학생들의 충분한 토론을 거치고 학교 공동체 구성원들의 의견을
수렴하는 과정을 통해 새로운 규칙을 정해야 한다는 게 나오거든
요."

공청회 나오기 전 인터넷을 통해 여러 자료를 찾다가 알게 된

사실이었다.

"그러니까 이 공청회 자리가 특별하지 않고 당연한 자리라는 거지요. 또 하나 말씀드리자면 유엔 아동 권리 협약 제28조라는 것도 있는데, 그에 따르면 학교 규율은 청소년의 인간적 존엄성과 합치해야 하며 이 협약에 부합되게 운영하도록 보장되어 있다는 겁니다. 그러니까 일방적인 교칙 시행 역시 잘못된 관행이었다는 걸 알려 드리고 싶습니다."

긴 자료 중에서 중요한 것에 형광펜으로 표시를 했고 그걸 찾아 읽느라 메모지에 코를 박고 있던 일진이 고개를 들었을 때의 분위기는 '이것 봐라!' 하는, 뜨악한 반응이었다. 교육부 자율 규정이니, 유엔 아동 권리 협약이니 하는 말을 떠들어 대니 아주 작정하고 덤빈다 생각했겠지만 실상은 전혀 달랐다. 명색이 학생 대표로 공청회에 나오는 건데 성의 없이 그냥 앉아 있을 수만은 없겠다 싶어 교칙이 어떻게 정해지는 건지 알아보다가 우연히 알게 되었을 뿐이다.

"그래, 네 말이 맞는 거 같구나. 어디 보자, 음, 2학년 4반 맹일진이라고 했던가? 아주 준비를 철저히 했구나. 그래, 교칙을 정하는데 학생들의 의견이 반영되는 건 당연한 일이지. 그래서 우리도 이런 자리를 마련한 거잖아. 그러니까 이제 본격적인 안건으로 넘어가도록 하자."

변사또가 천천히 말했다. 하지만 굳어 있는 얼굴을 보니 화를 참고 있음을 알 수 있었다.

일진 뒤에 다른 아이들 몇이 발언했지만 윤희란 의견의 변주일
뿐이었다. 다만 한진욱만이 다른 의견을 내놓았다.

"전 과외 때문에 휴대폰이 꼭 필요한 경우입니다. 과외 선생님
을 아주 어렵게 구했는데 워낙 인기 있는 분이라 시간이 자주 바
뀌거든요. 그리고 그런 연락은 제 휴대폰으로 받지요. 그런데 이런
일이 저에게만 있는 특별한 경우는 아니라고 생각합니다. 그러니
까 휴대폰 소지에 대한 문제는 다른 방식으로 접근했으면 좋겠습
니다. 휴대폰의 소지 자체가 문제가 아니라 면학 분위기 조성이 더
큰 목적이니까 수업 시간에만 휴대폰을 맡겨 두는 식으로 하는 거
지요."

흠, 일진은 이맛살을 찌푸렸다. 일진은 이 공청회 자리가 학생
개인의 물품을 학교 측이 일방적인 교칙으로 금지할 수 있는가 없
는가를 논하는 자리여야 한다고 생각했다. 그런데 진욱의 발언은
딱히 틀렸다고 보긴 어려웠지만 논지에서 묘하게 벗어나 있었다.

"저 녀석이 우리 학교 모의고사 전체 1등입니다."

교감이 한진욱을 보며 말하자 학부모 측에서 크게 반색하는 얼
굴이었다. 그리고 그 때문인지 진욱의 말이 학부모들에게 먹히는
분위기였다.

"하긴 애들이랑 연락 안 되면 너무 답답하죠. 그리고 계속 갖고
다니던 애들한테서 아예 뺏는다는 것도 좀 그러네요."

듣고만 있던 교무 주임 선생님이 한 가지 제안을 했다.

"그럼 아예 금지하는 것보다는 소지는 허용하되 수업 시간에는 수거함에 넣게끔 하는 교칙을 정하는 건 어떨까요?"

교무 주임 선생님 말에 다들 "그게 좋겠네." 하며 동의했다. 윤희란을 포함한 학생들도 모두 고개를 끄덕였다. 손목시계를 들여다보는 한 학부모를 본 교무 주임 선생님은 재빠르게 거수로 결정하자고 했고 주르르 허공으로 손이 올라갔다. 일진도 마지못해 손을 들었다. 그러면서도 이런 식으로 끝나는 건 아닌데, 하는 아쉬운 마음이 컸다.

만장일치였고 모두 홀가분한 얼굴들이었다.

교무 주임 선생님이 참석한 학부모들과 악수를 하며 감사의 말을 전했다. 변사또는 가볍게 인사를 하더니 학생들 쪽으로 왔다.

"너희 뜻대로 돼서 좋지?"

"네!"

1학년 후배가 크게 대답했다.

"입학 선물로 받은 완전 최신형인데 이걸 썩힌다 생각하니 어찌나 가슴이 아프던지, 큭!"

진짜 아픈 것처럼 가슴팍에 손을 대고 문질렀다. 익살스러운 아이였다.

"네가 맹일진이지? 너도 과외 해? 유엔 이름까지 팔면서 꼭 휴대폰을 써야 할 이유가 뭐야?"

줄곧 고까운 얼굴로 일진을 보던 변사또가 물었다.

"저는 휴대폰이 없는데요."

"뭐? 휴대폰도 없는 녀석이 그렇게 따지고 들었던 거야?"

변사또가 눈을 동그랗게 뜨며 목청을 높였다. 변사또의 큰 리액션 때문에 모두 일진에게 고개를 돌렸다. 일진은 난감함에 입술을 깨물었다.

생일날 오후

열일곱 번째 생일에 맞춰진 시한폭탄이 드디어 터졌다는 느낌이었다. 하지만 생일 선물로 받은 휴대폰이 도화선이 될 줄은 상상도 못 했었다.

변사또는 수업이 끝난 후 일진을 상담실로 불렀다. 예상대로 담임도 같이 있었다.

"인석아, 휴대폰 좀 꺼 놓지 그랬나?"

웃고 살자, 가 좌우명이라는 담임 얼굴이 찌푸려진 걸 보니 확실히 좋지 않은 상황이었다.

"오늘이 생일이고 휴대폰은 어제 선물 받았다고 했지?"

웬일로 변사또 목소리가 고분고분했다. 이건 또 뭘까? 더 긴장이 됐다.

"휴대폰이 있는 줄은 전혀 몰랐고 그래서 수거함에 넣지도 않았다 그거잖아?"

아까 일진이 다 말한 내용이었다.

"인석이 요즘 애들 같지 않아요. 아직까지 휴대폰도 없었다니까요."

일진의 걱정과는 달리 담임은 편히 풀어 나갈 수 있다 생각하는 모양인지 얼굴이 밝아졌다.

"그래요, 이 녀석이 휴대폰도 없었지요. 그건 저도 잘 알고 있습니다. 실수로 수거함에 넣지 않았던 것도 뭐 그럴 수 있다 생각합니다. 그런데 문제는 다른 데 있더군요."

다른 문제? 역시 다른 방향으로의 공격이구나!

"여기 보시면 휴대폰으로 촬영한 사진들이 저장되어 있지요. 자, 여기요!"

이런 바보, 그걸 잊어버리다니! 일진은 당장이라도 벽에다 머리를 들이박고 싶었다.

"왜요? 뭐가 있습니까?"

담임이 고개를 바짝 들이대며 휴대폰을 들여다봤다.

아마도 거기에는 어제저녁 아버지와 생일 기념으로 소주 한잔을 기울이는 사진이 있을 거다. 여드름 때문에 찍지 말라는데도 엄마가 굳이 찍었고 이렇게 저장하는 건가, 하며 버튼을 눌렀으니 사진이 제 발로 도망가지 않았다면 고스란히 앨범에 담겨 있을 것이다.

"아니, 이 녀석 좀 보게."

담임이 당황하며 일진을 물끄러미 쳐다봤다. 그런 담임을 고소하다는 듯이 보는 변사또의 표정이 압권이었다.

"옆에 있는 이 친구는 누구야?"

이 친구? 아버지랑 같이 찍었는데 친구라니? 엄마가 찍은 사진을 보지도 않았던 일진은 무슨 소린가 싶었다.

"친구가 아니라 아버진데요."

"아버지라? 스토리를 만들려면 좀 그럴듯하게 지어내야지."

변사또가 일진에게 문제의 사진을 보여 줬다.

맙소사! 어떻게 된 건지 소주잔을 들고 있는 일진은 멀쩡히 나왔는데 옆에 있는 아버지는 어깨와 팔만 나와 있었다. 게다가 둥근 소반 옆에는 어제 과음한 아버지의 흔적인 빈 소주병 세 개가 나란히 찍혀 있었다.

"저, 정말 아버지 맞는데요."

떨지 말자. 일진은 주문을 외우듯 중얼거렸다. 겨우 소주 세 잔을 마신 거니 큰 잘못은 아닐 거야, 그럴 거야.

"아버지라? 그럼 아버지가 아들에게 술을 먹였단 말인가? 참, 이런 집안을 뭐라 그래야 되나?"

정말 못 믿어서 그럴 수도 있겠지만, 부모까지 욕보이려는 변사또의 말에 일진은 벌떡 일어섰다. 하지만 목이 메어 아무 말도 나오지 않았다.

담임이 놀라서 일진의 어깨를 내리누르며 의자에 앉혔다.

"방귀 뀐 놈이 성낸다더니, 인석이 뭐 하는 거야?"

담임의 괜한 큰소리가 상담실에 공허하게 울렸다.

"너, 정말로 아버지가 맞는지 이따 내가 전화할 거야. 응?"

그거야 자신 있으니까 대뜸 대답해야 하건만 일진은 그것 역시 대답하지 않았다. 그게 또 눈 밖에 나는 행동이었는지 변사또가 피식 웃으며 말했다.

"정 선생님 너무 애쓰실 거 없습니다. 켕기는 게 있으니까 이 녀석이 가만히 있겠죠. 맹일진, 이 녀석 올봄에도 아주 작정하고 선생들 물먹이려고 했던 전력이 있어요. 생긴 건 이래도 아주 어른들 머리 꼭대기에서 노는 애라니까요."

결국 공청회 일을 건드리는구나. 주먹이 부르르 떨렸다. 그런데 그 전에 눈가가 뜨거워지며 눈물이 왈칵 차올랐다. 눈꺼풀이라도 깜빡이면 눈물이 뚝 떨어질까 봐 일진은 부릅뜬 눈으로 형광등만 바라봤다.

"어차피 부모님께 전화도 드려야 하는걸요, 뭐. 그런데 이 녀석 어떻게 할까요?"

담임은 고개를 갸우뚱하며 휴대폰 사진을 들여다봤다. 자세히 만 본다면 굵은 체크무늬 소매 아래로 힘줄이 드러난 아버지의 손이 보일 것이다. 눈치만 있다면 유행에 뒤처진 낡은 셔츠라는 것도 알아차릴 것이다. 하지만 담임은 결국 아무것도 찾을 수 없었는지 알 수 없는 표정이 되어 일진을 바라봤다.

"이번 주에 걸린 녀석이 몇 놈 더 있는 것 같던데 내일 교무 회의에 정식으로 안건 올리고 학칙에 의거해 징계 수위를 정해야겠지요."

쥐어짜면 빗물이 쏟아질 듯이 어두운 담임의 얼굴을 보며 결국 일진의 눈에서 한 줄기 눈물이 흘렀다.

일진의 열일곱 번째 생일은 경제마트 역사에 길이 남을 날이 되고 말았다. 휴대폰에 찍힌 음주 사진 얘기를 담임에게 전해 들은 엄마는 거의 울 지경이 되었고 결국 폐점 시간인 자정보다 두 시간이나 이른 10시에 가게 셔터를 내리고 말았다. 폐점 시간을 지키지 않은 건 경제마트가 생긴 이래 처음 있는 일이었다.

"엄마가 담임 선생님께 잘 말씀드렸어. 생일이라서 소주 한 잔만 먹었고 나머지는 다 아버지가 마신 거라고. 아휴, 하필 사진이 왜 그렇게 찍혔다니……. 속상해 죽겠네. 그리고 아침에 가방에 휴대폰 넣었다고 말했는데 그걸 왜 깜빡했어? 그나저나 혹시 징계라도 받으면 어쩌냐? 아휴, 그것도 대학 갈 때 지장이 있는 건 아닌가 몰라."

초조해하는 엄마 옆에 있던 아버지는 사건을 해결할 구체적인 방법을 얘기했다.

"어제 입었던 셔츠 빨았어? 안 빨았으면 내일 그거 입고 학교 가서 사진이랑 대조해 보라고 하지 뭐. 까짓 열여덟 먹은 사내새끼가 술 몇 잔 먹었다고 징계를 내리겠어?"

호기 있게 말하는 아버지의 목소리가 오히려 공허했다. 정말로 걱정이 없다면 어제 입었던 땀내 밴 셔츠를 찾지는 않았으리란 걸 일진이 더 잘 알았다.

"그런 옷을 입고 어떻게 학교를 찾아간다는 거예요. 양복 입고 그 옷은 싸 가지고 가요. 그러게 왜 애한테 술을 먹여서 일을 크게 만들어요?"

"그럼 당신은 안 찍겠다는 사진은 왜 찍었어? 아침에 가방에만 안 넣었어도 이런 일은 안 생기잖아?"

두 분의 아옹다옹 다투는 목소리가 일진의 귀에 먹먹하게 들렸다. 누굴 원망해서 편안해진다면 얼마나 좋을까? 그리고 누구에게 책임을 돌릴 수 있을까? 한참 동안 허공을 헤매던 손가락이 결국 일진에게 향했다.

에필로그

땀내 밴 체크무늬 셔츠를 들고 오신 아버지의 노력이 얼마나 먹혔는지는 모르겠지만 일진의 징계는 일주일간의 상담실 청소와 반성문 쓰기로 마무리되었다. 교내 폭력 사건에 얽힌 아이들의 경우 정학이 결정되었기에 일진의 징계는 약한 편이었다.

"어쨌든 일진이 같은 경우는 너무 명백한 증거가 있어서 아예 징계를 피하기는 어려웠던 것 같습니다."

어정쩡하게 음료수 상자를 받은 담임이 못내 미안한 듯 아버지에게 고개를 숙였다.

"그래도 벌점이 없어 기록에 남을 일은 없으니 그나마 다행이지요. 걱정하시는 것처럼 대학 가는 것에는 전혀 지장이 없습니다."

주스 상자 바닥에 백화점 상품권을 깔까 말까로 무척 고심했던 아버지는 벌점이 없다는 말에 얼굴이 확 펴졌다. 젊은 선생에게 괜히 책잡히면 어쩌냐며 망설였던 아버지는 "아무리 그래도 돈 싫어하는 사람 없다."는 엄마의 말을 듣길 잘했다는 듯 뿌듯한 표정이었다.

"액땜했다 쳐야지요. 암튼 선생님, 신경 써 주셔서 감사합니다."

허리까지 깊숙이 숙여 인사하는 아버지의 등이 작고 초라해 보였다.

돌아서 나오려던 아버지는 다시 담임에게 다가가 작은 목소리로 속삭이듯 말했다.

"저 선생님, 음료수 끝까지 다 드셔야 합니다."

혹시나 바닥에 깐 봉투를 못 보고 덜렁 버려 버릴까, 행여 그로 인해 생색도 안 나면 어쩌나, 망설이다 결국 에둘러 힌트를 주고서야 상담실을 나왔다. 경제마트에도 없는 CCTV가 코딱지만 한 상담실에 있을 거라 믿는 건지 천장을 한 바퀴 휘돌아보는 것도 잊지 않았다.

상담실 청소는 어렵지 않았다. 대걸레로 바닥을 닦고 손걸레를 빨아 창문과 창틀까지 닦고도 한 시간이면 충분했다. 그런데 반성문을 쓰는 건 고역이었다. 반성한다는 내용의 몇 줄이면 될 것 같은데 학교에서는 A4 용지 다섯 장씩의 반성문 제출을 요구했다. 내가 정말 A4 용지 다섯 장을 빼곡히 채울 정도로 잘못했나 하는 반발심만 들었다.

첫날, 휴대폰 때문에 벌어진 사건의 풀 스토리를 쓰고 진심으로 뉘우치고 있다는 말도 빼놓지 않고 적었다. 반성문을 학생부에 갖다 줬더니 그걸 받은 선생님은 내용은 보지도 않고 글씨 크기와 빈틈이 없나만 확인하고는 책상 한쪽으로 휙 던져 버렸다. 둘째 날부터는 정말 쓸 말이 없었다. 일진은 상담실 테이블에 멀뚱히 앉아 있다가 고등학교를 입학한 날부터 하나씩 기억을 더듬어 봤다.

입학식 날, 다소 어색한 교복을 입고 그보다 더 낯선 얼굴들을 보며 일진은 씨익 미소를 지었다. 그리고 그중의 한 아이에게 자연스럽게 다가가 말을 걸었다.

"미안한데 백 원만 빌려 줄래?"

언제 봤다고 돈을 빌려 달래, 하는 떫은 표정이지만 그래도 겨우 백 원인데 안 빌려 줄 수는 없어 주섬주섬 주머니에서 동전을 꺼내는 그 아이에게 일진이 말했다.

"내 이름은 맹일진. 내일 갚을게."

'백 원 빌리기' 작전으로 일진은 단 이틀 만에 1학년 2반 전체 아이들에게 이름을 알렸다. 그리고 오 일째에는 화려한 입담과 액션 배우를 능가하는 몸 개그로 아이들 앞에 나서게 됐다. 주접 대마왕이니, 최강 촐랑이니 하며 놀림도 받았지만 맹일진 하면 괜히 웃음이 나는 그런 아이였다. 말 한마디 않고 조용히 겉도는 지금의 일진과는 달라도 너무 많이 달랐다.

일진은 하얗게 비어 있는 종이에 영원고 입학 소감을 썼다.

"드디어 고딩이다. 교문을 들어서는데 치마 아래로 날씬한 종아리를 가진 여학생이 보였다. 야호! 남녀 공학 완전 좋다. 남중에서는 꿈도 꾸지 못할 여학생들의 모습. 이상하게 다 예쁘다. 이 영원 고등학교에서 나의 꿈과 사랑(?)을 이루고 싶다……."

지금은 아예 쓰지도 않지만 입학 첫날의 일기장에 이렇게 적었던 기억이 떠올랐다.

나의 꿈과 사랑은 다 어디로 갔을까?

글을 쓰다 보니 친구들과의 추억도 많이 있었다. 경주로 수련회 갔을 때의 일과 반 대항 체육 대회가 가장 많이 떠올랐다. 한 컷 한 컷 필름이 돌듯이 그때의 일들이 파노라마처럼 펼쳐졌다. 그렇게 하루 다섯 장씩 반성문을 쓰다 보니 몇 번의 고비가 있었던 것도 떠올랐다. 어떤 여학생에게 고백했다가 딱지를 맞았을 때는 쿨한 척했지만 사실 한동안 마음 앓이를 했다. 특히 그 여학생이 일진과 같은 반 애랑 사귀는 걸 알았을 때는 주먹으로 입을 막고 격격 눈물도 흘렸다. 그러고 보니 일진이 입을 닫게 된 것도 그즈음의 일이었다.

"일진아, 성적이 이게 뭐냐? 네가 까불고 장난칠 때도 예뻐라 해 줬는데 이런 성적으로 보답하면 안 되지. 그리고 너 이거는 알아야 해. 공부 좀 하는 녀석이 까불면 유머스럽다 하지만 공부 못하는 놈이 까불면 그냥 지랄하는 거야. 넌 어떤 거 하고 싶어?"

담임의 말이 충격이었지만 '지랄'하기 싫어서 입을 닫은 건 아니었다. 그냥 말을 하고 싶지 않았다. 쉬지 않고 까불던 애가 입을 닫으니 처음엔 왜 그러냐며 쿡쿡 찌르던 친구들도 침묵의 시간이 길어지자 원래 그런 애라는 듯이 일진을 대했다. 긴 침묵의 시간 때문에 '테스'란 별명도 얻었다.

굳이 '맹일진은 왜 입을 닫았을까?'란 주제로 연구를 해 보자면 그건 요일을 헷갈린 것부터 시작해야 한다. 어느 날 교실에 앉아 있던 일진은 오늘이 며칠일까 생각했다. 9월인 것까지는 알겠는데 날짜는 도무지 떠오르지 않았다. 가만, 어제 뭘 했는지 따져 보면 오늘이 며칠인지 알 수 있겠지, 싶었다. 그런데 어제도 오늘과 다를 바가 없는 하루였던 것이 기억났고, 그제도 그랬음을 깨달았다. 그러니까 일진의 하루는 어제와 그제가 뒤바뀌어도, 오늘과 내일의 순서를 섞어 놔도 다르지 않았던 거다. 관성에 의해 하루하루를 살고 있구나! 그 서글픈 깨달음이 일진으로 하여금 입을 닫게 만들었다.

누구는 별나게 사냐, 라고 묻는다면 할 말이 없지만 일진의 하루는 일진이 아닌 로봇을 세워도 다르지 않을 만큼 무의미했다. 하루하루가 의미가 없는데 좋은 대학 가면 그 모든 걸 보상받고 없던 의미도 갑자기 생기는 건가? 일진은 그건 아니라고 단호히 고개를 저었다.

이 년간의 시간을 돌이켜 보는 시간이라 생각하니 반성문 쓰는 일이 그리 힘들지 않았다. 그렇게 며칠째 반성문을 쓰고 있을 때 변사또가 몇 명의 선생님들과 상담실에 나타났다. 상담실에서 커피라도 마시려던 참이었는지 일진을 보고는 인상을 찌푸렸다.

"이 자식 아직도 징계 안 풀렸나?"

징계가 짧다고 소리 높여 외칠 땐 언제고. 그냥 나가나 싶던 변사또는 일진의 반성문을 물끄러미 쳐다봤다.

"인마, 이것도 피가 되고 살이 되는 경험이니까 열심히 해!"

그리고 일진의 뒤통수를 툭, 아무렇지 않게 치더니 나가 버렸다. 학생 뒤통수에 대한 소유권은 당연히 자기에게 있다는 듯이, 그도 아니면 말 안 듣는 짐승은 맞아야 한다는 강한 신념이라도 있는 듯이.

기분이 나빴지만 변사또의 한 방은 일진 인생에 중요한 포인트가 되기에 충분했다. 더 이상은 이렇게 살 수 없다는 강한 충격이 일진 머리에 남았다.

일주일간의 징계를 마친 후 일진은 꼬박 열흘을 학교에 가지 않았다. 그리고 겨울 방학을 이틀 앞둔 날에 휴학계를 제출했다. 도저히 학교를 버텨 낼 수 없다며 부모님을 어렵게 설득했다. 그사이 일진의 상태를 파악한 담임도 몇 차례 전화를 걸어왔지만 일진의 고집을 꺾을 수는 없었다. 결국 자퇴가 아닌 휴학으로 돌렸으나 이미 일진의 맘은 학교를 떠나 있었다. 검정고시를 준비할지 아니면 특별한 기술을 배울지, 아무것도 정한 건 없었다. 하지만 내 삶의 주인이 아닌 채로 살아선 안 되겠다는 점은 확실하게 깨달았다.

일진이 휴학계를 제출하는 동안 변사또가 멋쩍은 얼굴로 아버지에게 인사했다. 아버지가 흠, 헛기침을 하며 가볍게 외면하는 걸 보니 휴학의 책임이 변사또에게 있다고 생각하는 눈치였다. 하지만 좋지 않은 기억을 가지고 떠나고 싶은 맘은 없었다. 그래서 일진은 변사또에게 꾸벅 인사를 건넸다.

'선생님 탓이 아닙니다.'

교무실에서 서류를 제출할 땐 몰랐는데 교실에 와서 사물함을 정리하니 비로소 학교를 떠난다는 실감이 났다.

"뭐야, 혼자 편하겠다고 우릴 배신 때려?"

"테스, 학교 떠난다고 해서 쌩까면 안 돼. 너희 마트 들러서 가끔 얻어먹을 거야."

웅성거리는 소리를 뒤로하고 교실을 나섰다. 다시 수업 종이 울렸고 복도까지 따라 나왔던 아이들이 잽싸게 교실로 들어갔다.

영원 고등학교란 현판이 든든히 붙어 있는 교문을 나설 때, 뒤돌아서 교실을 바라봤다. 2학년 4반 교실, 여전히 원재는 엎드려 자고, 뺌이는 열공하고, 기찬이는 심드렁하고, 예슬이는 손톱 정리를 하고 있겠지? 내년 이맘때 다시 이곳에 올 수 있을까?

맘을 단단히 먹고 앞을 보니 구부정하게 걷는 아버지가 벌써 저만치에 가 있었다. 일진은 알고 있었다. 일진의 대학 입학은 아버지의 꿈이었음을. 시골에서 올라와 자수성가한 아버지의 한평생 바람이었음을. 고등학교 졸업장 하나가 없어 평생 헛헛하다는 아버지의 어깨가 축 처져 보였다.

일진은 부지런히 발을 놀려 아버지와 나란히 걸었다.

"죄송해요."

"인마, 뭐가 죄송해? 아직 앞날이 창창하구만."

애써 일진을 위로하는 아버지 얼굴을 보니 눈물이 핑 돌았다. 하지만 지금은 울 수 없었다. 젊으니까, 뭐라도 할 수 있으니까, 가야 할 길은 아직 멀었으니까.

정
범
기

추
락

사
건

기자

　설익은 어둠이 하늘에 퍼져 가는 저녁 무렵 범기는 평화 빌라 옥상에서 훌쩍 뛰어내렸다. '인터넷 가입 설치 무료'라는 플래카드가 걸린 평화 빌라 옆 은행나무 가지에라도 걸렸으면 좋았으련만 범기의 몸은 공기의 저항을 제외하고는 어떤 것에도 방해받지 않은 채 땅으로 낙하했다. 불행 중 다행이라면 '한강변 재건축 움직임'을 취재하던 신문사 기자가 평화 빌라 근처에 있었고, 범기가 옥상에 있는 걸 보면서 쟤 뭐야, 하고 수상하게 생각했기에 바로 달려갈 수 있었다는 것이다. 그리고 '불행 중 다행' 중의 작은 불행이라면 기자는 직감적으로 '아, 사건이다!'라고 느끼며 카메라 셔터를 눌렀고, 그러느라 119에 신고를 하는 게 일이 분 늦어졌다는 것이다. 잠시 후 119 구급차가 왔고 의식을 잃은 범기의 몸을 소방대원이 들어 올릴 때 기자는 범기의 옆구리에서 파란 곰팡이처럼 피어오른 멍 자국을 보고 말았다.

'학원 폭력에 의한 자살?'

기자는 역시 자신의 감이 틀리지 않았음을 확신하며 구급차의 뒤를 따라가기 위해 급하게 시동을 걸었다. 평화 빌라 옥상에서 훌쩍 뛰어내린 범기의 행동이 '추락'이 아니라 '투신'이라 믿은 순간 차가 출발했고 기사는 월요일 조간신문 사회면에 작게 실렸다.

서울 모 고교 2학년 정 모 군이 토요일 오후 자신의 집 옥상에서 뛰어내리는 사건이 발생했다. 유서는 발견되지 않았으나 정 모 군 몸에서 멍 자국이 발견됨에 따라 체벌이나 학원 폭력에 의한 자살 시도라 의심된다. 한편 경찰은 정 모 군이 작년도 전국 체전 양궁 부문 준우승 팀 소속이라는 사실에 주목하여 운동부의 구타 가능성에 대해서도 조사할 계획이라고 밝혔다.

예슬

"저, 월요일 아침부터 좋지 못한 소식이다. 그제 범기가 크게 다쳤다. 아직까지 의식이 없다고 해서 걱정이 많이 된다. 아침에 범기 어머님이랑 통화를 했는데 경황이 없으셔서 자세히 묻지도 못했어. 자세한 결과는 수업 끝나고 병원에 가서 알아봐야 할 것 같다."

범기의 소식을 전하는 담임 얼굴이 푸석푸석했다. 지난밤 잠을 제대로 못 잤는지 눈도 빨갰다.

"옥상에서 추락했다던데 그게 사건인가요, 아니면 사곤가요?"

기찬이 담임을 향해 물었다. 하지만 담임은 난처한 얼굴로 말이 없었다. 그러자 웬만해선 잠이 안 오는 아침 조회 시간부터 졸던 양원재가 부스스한 몰골로 말했다.

"뭐를 기준으로 사건과 사고가 나뉘는 거야?"

원재의 말에 대답한 건 유나였다.

"만약 범기가 옥상에서 발을 헛디뎌 떨어진 거라면 사고지만 작정하고 뛰어내린 거라면 사건이란 말이겠지."

유나 말에 완전히 잠에서 깬 원재가 큰 소리로 말했다.

"뭐야, 범기가 자살 기도라도 했단 말이야?"

누구나 머릿속 한편에서 생각했을 법한, 그러나 감히 꺼내지 못한 '자살'이란 단어를 툭 내뱉자 아이들이 수군거렸다.

"자, 자, 괜한 상상하지 말고 범기의 상태를 차분히 기다려 보자고. 그리고 가뜩이나 어수선한데 여기저기 말 퍼뜨리지 말고. 교장 선생님의 부탁이니까."

담임이 나가자 교실은 벌집을 쑤셔 놓은 듯이 웅성거렸다.

"신문 보니까 몸에 멍도 들었다더라."

"멍? 그럼 누구한테 맞았단 얘긴데, 정말 자살이 맞는 거네."

"근데 죽을 생각인 놈이 겨우 빌라 옥상이야? 좀 불안하지 않나? 그러다 죽진 않고 병신만 되면 어쩌려고."

"그렇다고 죽을 새끼가 자기네 옥상 놔두고 남의 아파트까지 가냐? 그리고 아파트는 출입구 비밀번호 있어야 들어가잖아?"

"그럼 우리 아파트 비밀번호 알려 줄 걸 그랬나?"

하여간 이 새끼 말하는 거 봐라, 하면서 큭큭 웃음이 터졌다.

"그만들 좀 해! 지금 그런 농담이 나오니?"

예슬이 빽 소릴 지르자 몇 명이 쟤는 왜 아침부터 날카롭게 구냐, 하는 눈빛으로 쳐다봤다. 그 눈빛을 보니 나서지 말걸, 후회가 밀려왔다. 하지만 아무리 개념 없는 애들이라지만 그냥 듣고 있기엔 지나치단 생각에 참을 수 없었다. 예슬은 손톱을 잘근잘근 씹으며 오후에 병원에 가 봐야 하나 고민했다.

'지가 무슨 슈퍼맨인 줄 아나, 어디서 뛰어내려…….'

예슬은 며칠 전 범기에게 헤어지자는 문자를 보냈다. 만나서 얼굴 보고 말할 자신이 없었다. 그리고 범기가 몇 번이나 전화를 해

댔지만 받을 용기도 없었다. 그랬더니 결국 일이 이렇게 되고 말았다.

'설마 나 때문에 뛰어내린 건가? 미친 새끼, 사랑이 뭐라고 목숨을 걸어?'

어젯밤 공들여 바른 연보라색 매니큐어가 벗겨지는 줄도 모른 채 손톱을 씹어 대며 범기의 자리를 쳐다봤다. 복도 쪽 끝 줄, 거기다 맨 뒷자리. 양궁부 호출이 있으면 즉시 가방을 싸서 나가야 했기에 범기는 언제나 그 자리였다. 저기엔 역시 범기가 있어야 하는구나, 그 한 자리가 비었을 뿐인데도 교실이 텅 빈 것 같았다.

입에서 손톱을 빼고서야 매니큐어가 벗겨진 걸 알았다. 엄지손톱 끝 겨우 몇 밀리가 벗겨졌을 뿐인데도 한쪽이 뭉개져 버린 생일 케이크처럼 볼썽사나웠다. 예슬은 멍하니 손톱을 바라봤다. 혹시 나에게 범기도 같은 의미가 아닐까? 느끼지 못할 만큼 작은 존재지만 없어선 안 될 친구. 그제야 엑스 보이프렌드지만 지금 범기에겐 내가 필요하겠구나 하는 뼈아픈 자각이 들었다.

오 개월 전 만신창이로 길바닥에 나앉았던 예슬의 손을 잡아 줬던 범기처럼, 그렇게.

"혹시 예슬이?"

간신히 고개를 들어 보니 범기였다.

"지금 몇 시야?"

여름인데도 제법 어둑해진 하늘을 보니 시간이 꽤 흘렀을 듯
했다.

"어휴, 냄새! 너 술 마셨구나. 언제부터 이러고 있었던 거야? 8시
넘었어."

언니가 화장품 냉장고 안에 몰래 숨겨 둔 복분자주를 병나발로
불고 비척거리며 나온 게 6시 전이니 두 시간가량 길거리에 넋 놓
고 앉아 있었던 거다.

하필 같은 반 애한테 들킬 게 뭐람. 이 정도 시간이면 술도 깼겠
지 싶어 일어서려는 순간 다리가 풀리며 휘청했다. 범기가 옆에서
잡아 주지 않았다면 땅바닥으로 곤두박질쳤을 테다.

"고맙다."

말은 그렇게 했지만 이런 모습을 고스란히 지켜보는 녀석이 거
슬려 얼른 쫓아 버리고 싶었다.

"금방 괜찮아지니까 내 걱정 말고 가던 길이나 가라."

다행히 범기는 군소리 없이 골목길을 빠져나갔다. 범기가 사라
진 뒤 예슬은 찬찬히 자신의 몰골을 살폈다. 홧김에 술을 마시긴
했지만 퇴근하는 엄마에게 들키면 안 될 것 같아 급히 뛰어나오다
넘어졌는데, 무르팍에 피딱지가 말라붙어 있었다. 게다가 하얀 티
셔츠는 어디서 묻은 건지 얼룩이 잔뜩이었다.

'젠장, 이미지 다 구기네.'

셔츠를 털어 내다 그만둬 버렸다. 다행인 건 취한 와중에도 아파

트 앞 대로변은 피해 이렇게 주택가 골목으로 숨었다는 거다. 자칭 타칭—물론 자칭의 비율이 더 높긴 하지만—영원고 5대 얼짱 황예슬이 이렇게 망가진 게 소문이라도 나면 어쩔 뻔했는가. 범기의 입을 막을 일이 남았지만 다행스럽게도 녀석은 양궁부였다. 운동부 아이들은 연습이다 경기다 해서 자기들만의 결속력이 너무 좋아 주변의 다른 일에 대해선 무감각한 편이었다.

하지만 여기라고 언제까지 안전지대는 아니었다. 야간 자율 학습이 끝나는 10시가 넘으면 분명 이 주택가로 들어오는 아이들도 있을 테니까 말이다. 예슬은 천천히 일어섰다. 아까처럼 어지럽진 않았지만 머리가 무겁고 깨질 듯이 아팠다. 몇 걸음 못 가 남의 집 대문가에 그냥 주저앉아 버렸다.

초저녁의 바람이 불어와 앞머리를 살짝 흔들었다. 그리고 어디선가 은은한 장미향도 풍겨 왔다. 이런 몰골만 아니었다면 기분 좋은 저녁 시간이었을 것이다. 예슬은 더 쉬자 싶어 아예 다리를 쭉 뻗었다. 인적이 드문 골목길이라 꼴사나운 모습을 들키지 않아 좋긴 했지만 어둠이 짙어 가니 괜스레 겁이 났다. 어디선가 컹컹 개 짖는 소리도 들렸다. 게다가 옆 골목에서인지 다급하게 뛰는 발소리까지 들려 침이 꼴깍 넘어갔다. 그리고 발소리는 어쩐지 예슬 쪽으로 가까워졌다.

"휴, 찾아서 다행이다. 옆 골목인 줄 알고 헤맸거든. 이거 먹어."

범기가 숨을 몰아쉬며 내민 것은 약봉지였다. 그러면서 술 깨는

약이야, 라고 말했다.

아, 열라 자존심 상한다. 이런 상황이 아니라면 상대조차 하지 않을 녀석한테 이런 도움을 받다니. 그래도 어서 술이 깨야 문제가 해결될 것 같아 드링크를 털어 넣고 알약을 삼켰다. 하지만 이럴 때일수록 당당해야 돼. 더, 더, 더!

"땡스. 약값은 내일 갚을게."

그래서 가벼운 인사말을 하듯이 대꾸했다.

"약 기운 퍼지려면 시간 좀 걸려. 그러니까 흙바닥에 앉아 있을 게 아니라 여기서 조금만 가면 체육공원 있거든. 그리 가자."

범기는 무지막지한 팔심을 이용해 예슬을 끌다시피 공원으로 데려갔다.

가까운 곳에 이런 공원이 있었던가? 여름 저녁 공원은 배드민턴을 치거나 인라인스케이트를 타는 사람들로 가득했다. 가족끼리 나온 듯 보이는 팀은 셔틀콕이 엉뚱한 곳으로 갈 때마다 깔깔대며 웃느라 정신이 없었다.

나만 빼고 모두 다 행복하구나, 예슬은 저도 모르게 한숨을 쉬었다.

"한숨 쉬지 마라. 겨우 남자한테 차인 걸로 뭘 그렇게 요란을 떠냐?"

흡, 숨이 막힐 것 같았다. 예슬의 눈이 오백 원짜리 동전보다 더

커진 채 그대로 멈춰 버렸다. 뭐야, 이 자식 어떻게 알았지?

예슬은 믿을 수 없다는 듯 가만히 고개를 저었다. 백 일을 넘기기 전에는 아무에게도 안 알리기로 찬영 오빠와 손가락을 걸었고 예슬은 그 약속을 지켰는데……. 그런데 멀대같이 큰 키에 히죽거리며 다니는 이 바보 같은 자식이 어찌 그 비밀을 알았을까? 내 뒤를 밟기 전에는 도저히 알 수 없는 일을 말이야.

혹시 범기 얘가 내 뒤를? 그럼 아까 골목에서 날 찾은 것도 우연이 아니었단 말이잖아? 그러고 보니 수업 중에 왠지 뒤통수가 따끔해 돌아보면 갑자기 시선을 돌리는 녀석을 본 것도 같았다.

"그, 그거 어떻게 알았어? 너, 내 스토커지?"

말하다 보니 더럭 겁이 났다. 스토커에 의한 납치? 아까의 팔심까지 생각하니 범기 얼굴이 무섭게 보였다. 예슬은 슬그머니 엉덩이를 들어 옆으로 조금씩 옮겼다.

"뭐, 스토커? 아주 소설을 써라. 아니지, 어쩜 소설보다 더 재밌는 얘길 수도 있겠다."

이건 또 무슨 소린가 싶었다. 그런데 범기 얘기를 들으면서 예슬의 얼굴은 점점 굳어 버렸다.

범기가 예슬의 사연을 알게 된 건 양궁부 후배 때문이었다. 1학년 여자 후배가 바로 서찬영의 사촌 동생이었는데 범기에게 사촌 오빠의 여친이 같은 반이라는 정보를 주었다고 했다. 그걸로 끝이면 좋았을 텐데, 서찬영이 얼마나 사촌 동생에게 나불거린 건지 예슬과의 비밀 데이트까지 범기는 다 알고 있었다.

"너, 비밀로 만나고 있으면서도 뭔가 수상하단 생각 안 해 봤냐? 왜, 작년에 옆 반 신연제하고도 그랬다던데……."

킹카답게 찬영 오빠가 여자들한테 인기가 많은 건 알고 있었지만 서찬영과 연관 검색어로 떴던 그 이름들이 현 여친, 엑스 여친일 줄은 꿈에도 생각하지 못했다.

"후배 말로도 사촌 오빠지만 남친으로 추천할 만한 스타일은 절대 아니란다. 그러니까 오히려 잘됐다 생각하고 홀홀 털어 버려."

범기는 조회 시간마다 온갖 교훈을 쏟아 내는 교장 선생님 풍으로 위로를 건넸다. 이 말을 듣는 게 예슬한테 얼마나 잔인한 일인지 도통 모르는 눈치였다. 예슬은 자기를 보기 좋게 걷어찬 찬영 오빠보다 실연의 상처에 소금을 뿌리는 범기가 더 꼴 보기 싫어 녀석의 얼굴에 주먹이라도 한 방 날리고 싶었다.

"후배가 어디까지 말한 거야? 그 자랑스러운 후배 이름 좀 알자."

어두운 곳만 찾아다니며 나눴던 꽤 진한 스킨십까지 다 말한 건 아니겠지? 그랬다면 서찬영 그놈은 정말 사람도 아니다. 예슬의 마음이 부글부글 끓어올랐다.

"입이 무거워 다른 데서 헤프게 쏟아 낼 애 아니야. 그리고 말하지 말라고 나도 부탁했고. 진즉에 너한테 정보 주라고 한 걸 괜히 말 안 했다 싶어 후회된다."

어쭈, 이젠 동정까지. 씨발, 절로 욕이 나왔다. 그런데 그 욕은 누구를 향한 걸까? 입 싸게 나불거리고 다닌 서찬영에게, 슬쩍 정보를 흘린 후배에게, 그마저도 아니면 걱정해 주는 척 자존심을 짓뭉개는 범기에게? 누구에게 뻑큐를 날려야 할지 몰라 예슬은 또 한번 욕설을 중얼거렸다.

하지만 곰곰이 생각해 보면 범기의 위로가 틀린 건 없었다. 그럴듯한 얼굴 하나에 홀려 예슬이 먼저 따라다녔지만 사귀는 내내 매너가 영 아니었다. 더구나 함부로 하던 스킨십을 생각하면 지금도 화가 치밀었다. 물론 한때는 그 모든 것이 터프해 보여 멋있다 생각했고, 그래서 헤어짐이 아쉬워 술까지 마셨지만…….

"야, 후배 말이라고 다 믿지 마. 서찬영, 네가 생각하는 그런 종류 인간은 아니거든."

3박 4일 욕을 해도 모자랄 판에 이 알량한 자존심을 지키기 위해 서찬영을 두둔하는 이중고까지 안겨 주다니. 서찬영, 이 나쁜 놈!

여기서 범기가 더 꼬치꼬치 물었다면 아마도 예슬은 분한 맘을 이기지 못해 땅이라도 치며 엉엉 울었을지도 몰랐다.

"까칠한 말투 보니까 술도 다 깼네. 늦었으니까 먼저 일어나."

범기는 의외로 두말 않고 예슬의 말을 믿어 주었다. 싱겁게시리. 예슬이 일어서 가려는데도 범기는 그대로 벤치에 앉아 있었다.

"넌 안 가?"

"나도 너 못지않게 문제 많다. 혼자 생각 좀 하다 갈 테니까 먼저 가."

그러면서 범기는 가방을 뒤져 뭔가를 찾기 시작했다. 예슬은 그냥 가려다 가방에서 소지품 주머니를 찾아 범기에게 건넸다.

"담배 필요하면 몇 개 꺼내."

예슬의 말과 동시에 범기가 가방에서 꺼낸 건 텔레비전에서 목에 좋다며 광고하는 캔디였다.

"난 운동해서 담배는 안 피워."

얼굴이 화끈했다. 꼴통 새끼, 재수 없게 고상한 척하네.

"나도 많이는 안 피워. 그냥 폼으로 갖고 다니는 거지."

왜 이런 변명을 하고 있지, 싶으면서도 예슬은 다시 범기 옆에 앉았다. 사실 집에 들어가기도 싫었다. 예슬은 범기 얼굴을 보며 얘는 무슨 고민이 있을까 궁금증이 일었다.

"너무 뚫어지게 보지 마라. 어렸을 때 교통사고 나서 그렇게 된 거니까."

뭔 말인가 싶었는데 자세히 보니 범기 오른쪽 눈가가 약간 찌그러져 있었다. 고집스럽게 앞만 보고 앉은 탓에 예슬 쪽에선 범기의 오른쪽만 보였다. 보안등 불빛 아래 희미하게 보이는 옆모습이 그로테스크했다.

"착각도 야무지시네. 나도 내 문제 고민하고 있거든."

범기는 무안한지 수건으로 얼굴 땀을 닦는 척 눈가를 가렸다.

기분 탓일까? 별도 안 보이는 하늘은 그저 컴컴하기만 했다.

"이번 중간고사 잘 나왔니?"

뭐야, 남의 성적은 왜 묻고 난리야? 최대 콤플렉스를 건드리다니. 예슬은 새침한 얼굴로 말했다.

"그건 알아서 뭐하게?"

예슬의 표정 때문인지 범기가 당황하며 말했다.

"그냥 다른 애들은 어떻게 공부하나 궁금해서 물어본 거야. 난 아무리 열심히 해도 성적이 안 오르니까."

"양궁부가 웬 공부? 넌 화살만 잘 쏘면 되잖아."

정규 수업이 끝나고 야자 시작하기 전, 석식을 기다리며 운동장을 서성거리면 본관 건물 옆에서 연습하는 양궁부 아이들을 볼 수 있었다. 유니폼을 입고 과녁을 향해 시위를 당기는 모습은 솔직히 학생이라기보다 그냥 선수 같았다.

"비밀 한 가지 말해 줄까? 난 활 쏘는 게 좋아서 양궁부에 들어간 게 아니었어. 중학교 때도 공부는 열심히 했는데 성적이 완전 개판이었어. 아무래도 머리가 나쁜가 봐. 그래서 이대로는 도저히 대학에 못 가겠구나 싶어서 양궁을 시작한 거야."

범기가 오른손을 활짝 펴자 손바닥의 굳은살이 선명히 드러났다. 작년 학교 체육 대회 때 양궁부의 솜씨 자랑이 있었는데 그때 범기의 실력을 제대로 볼 수 있었다. 평소의 싱거운 모습은 찾아볼 수 없을 만큼 과녁 앞에서는 바짝 긴장한 모습이었다.

"그럼 됐네. 어쨌든 양궁으로 대학을 가잖아."

"내 고민은 그런 게 아니야. 단지 공부를 못하니까 운동을 하겠다, 너무 쉽게 생각했다는 거지. 섣부른 판단으로 진로를 정한 것 같아서 그게 후회된다는 거야."

배부른 소리 하고 있네. 공부 못하는 애들이 어디 한둘이야? 그 중에서 활 좀 잡아 본 애들이 몇이나 있다고. 그 정도면 좋은 조건이지. 뭐, 쉽게 생각한 게 후회돼? 그럼 공부도 못하고 운동도 안 하는 애들은 정말 머리가 텅 비어서 그런 줄 아니? 우리도 아무 생각이 없어서 이러고 사는 게 아니야. 어쩌다 보니 시간이 흘러 이 자리에 온 거라고.

"그래서 지금 수능 준비라도 하겠단 거야?"

설마 했는데 예슬의 말에 머릴 긁적이는 걸 보니 오 마이 갓, 상황이었다. 열심히 노력하면 잘할 수 있을 거란, 로또 당첨 확률보다 희박한 가능성을 말해 줄 순 없었다.

"야, 꿈 깨라. 우리 같은 애들은 방법이 없어. 너도 알잖아. 영어 수학 시간만 되면 완전 외계인 된 기분. 그런데 지금부터 죽어라 한다고 달라질 것 같아?"

"우리? 공부 못하는 걸로 하나가 된 거야?"

우리? 그래, '우리'. 그 좋은 말은 공부를 못하거나, 혹은 중간에서 빌빌거리는 애들한테만 쓰이는 말이었다. 이른바 모의고사 고득점자들 사이에서는 죽어도 느끼지 못할 연대감이 있으니 말이다. 걔들이야 지네 잘난 맛에 사는 데다 숨기고 싶은 정보—예를 들면 좋은 학원이나 괜찮은 과외 선생 연락처, 족집게 문제집—가 한둘이 아니니 '우리'로 뭉칠 만한 친구를 옆에 두지 않았다.

"하나가 됐든 둘이 됐든 양궁이나 열심히 하라고."

예슬의 정색한 얼굴을 보더니 범기가 얼굴을 찌푸렸다. 그리고 읊조리듯 조용히 말했다.

"사실 양궁으로 대학 가는 것도 어려울지 몰라."

범기가 휴 한숨을 쉬자 체리향의 캔디 냄새가 났다. 올림픽에서 어쩜 그리 쏙쏙 잘 맞힐까 싶은 선수들을 생각하니 범기의 고민이 이해됐다.

이번엔 예슬이 범기에게 위로의 미소를 건넸다. 그러자 범기가 씩 웃으며 물었다.

"찬영 선배 많이 좋아했니?"

응, 이라고 대답해야겠는데 말이 나오지 않았다.

"말 못 하는 거 보니까 많이 좋아했구나. 근데 난 잘 모르겠지만 그 기억만 간직해도 행복한 거 아니냐?"

범기 말처럼 정말 그 시간들이, 기억들이 한순간에 사라지는 게 억울해 술을 먹고 울었던 걸까?

"제법 멋진 위로네. 고맙다."

진심이었다.

"널 위로하려는 게 아니야. 지금 내가 양궁부 그만두면 몇 년간 해 온 내 노력이 아까워서 날 위로하려는 거야. 그냥 땀 흘리며 화살을 쐈던 시간만으로도 충분히 아름다울 수 있다는 걸 말이야."

범기는 양궁을 그만둘까 고민 중이라고 했다. 운동만 하느라 친구를 많이 못 사귄 것도 후회되고 공부를 게을리한 것도 속상하다고 덧붙였다.

"예슬아, 넌 꿈이 뭐야?"

꿈? 지금 드림을 말하는 거야? 너무 촌스러워 그동안 입 밖에도 내지 않던 단어였다. 범기의 질문이 생뚱맞았다.

"난 그런 거 없어. 넌 국영수 안 되는 고딩이 꿈꿀 수 있다고 생각하니? 출세하려면 대학물이라도 먹어야 하는데, 너나 나나 그건 힘들고. 또 대학을 안 가면 마땅히 가진 기술도 없으니 취직하기도 어렵고. 에이, 꿈은 무슨!"

"그래도 뭔가 좋아하는 일이 있을 거 아냐?"

글쎄, 내가 좋아하는 일은 뭘까? 학교나 학원 수업은 외계어 같으니 일단 공부 쪽은 아니란 판단이고. 그래도 좀 할 줄 아는 거라고는 빈둥빈둥 놀고, 최신 곡 랩까지 달달 외우고, 가장 싸게 인터넷 쇼핑하기 정도인데. 목표? 당연히 없고. 꿈과 희망? 잃어버린 지 오래고. 정말 되고 싶은 게 뭔지도 잘 모르겠는데……. 막연하지만 멋지고 폼 나게 살고 싶단 생각뿐. 그런데 이상한 건 공부는 하기 싫은데 왜 대학은 가고 싶은 걸까? 시험 결과가 발표될 때마

다 성적에 무심한 척했지만 고등학교 졸업하고 대학에 못 간다 생
각하면 그냥 막막했다.

"그딴 거 안 키운다니까."

황예슬, 너 참 못났다! 자괴감만 들었다.

"난 꿈이 있다. 스포츠 프로모터가 되고 싶어."

"스포츠 뭐?"

범기가 예슬 쪽으로 얼굴을 돌렸다.

"운동선수들의 매니저 같은 거야. 선수로서 최고가 되는 것도
중요하지만, 모두 다 박지성이고 김연아일 수는 없잖아. 내가 지금
까지 몇천 발, 아니 몇만 발의 화살을 쐈는지 몰라. 그중에 텐 포인
트는 한 백 번이나 되려나. 난 애저녁에 그런 꿈은 포기했거든. 그
래서 나같이 어정쩡한 선수들의 진로를 돕는 일을 하고 싶어."

운동부 꼴통이라 생각했던 범기 입에서 근사한 소리가 나왔다.

"그렇게 멋있게 말하면 내가 뭐가 되냐?"

이 자식, 달빛 아래서 보니 꽤 괜찮은 구석도 있네, 싶었다.

"그 대신 넌 비주얼이 되잖아. 순수하고."

순수? 호랑이 담배 피우던 시절에 듣고는 처음 듣는 단어였다.

"술 먹고 담배 피우는 애가 무슨 순수냐?"

"그게 무슨 상관이야. 사랑 때문에 이렇게 눈물 흘리는 게 순수
함의 증거지."

칭찬은 고래도 춤추게 한다던데 실연의 상처에도 특효약인 것

같았다. 갑자기 컴컴한 밤하늘도 까만 벨루어 커튼처럼 부드러워 보였으니 말이다.

　범기는 그날 이후로도 양궁부를 그만두진 않았다. 자주는 아니지만 양궁부 연습이 없는 주말을 이용해 만나면서 예슬은 범기와 가까워졌다. 실연의 상처에 특효약을 처방해 준 그날 밤처럼 범기는 한결같이 착하고 매너 있게 굴었다. 그렇지만 그것이 범기 매력의 전부였다. 어수룩해서 귀여워 보인다고 느꼈던 범기의 매력은 시간이 지날수록 허점으로 나타났다.

　지하철을 타고 가다 옆 사람이 읽고 있던 신문을 힐끗 보던 범기가 예슬의 귀에 대고 물었다.

　"영국은 여왕이 대통령인 거지? 항상 텔레비전 보면 수상 얘기만 나오던데 국민들이 대통령 안 좋아하나? 아니면 여자라고 무시하나?"

　처음에는 농담인 줄 알았지만 범기는 당연히 알아야 할 것들을 너무 몰랐다. FTA를 미국 수입 의류 메이커로 알고 있는 대목에서는 뭐 이런 애가 있나 싶을 정도였다.

　범기만큼 순박한 애가 어딨어, 하며 아무리 주문을 걸어도 곳곳에서 터지는 범기의 핀트 안 맞는 어록들을 대할 때면 이건 아니지 싶어 절로 고개가 저어졌다.

　그러다 보니 범기와의 관계도 어설펐다. 친하게 지내는 것은 맞지만 그렇다고 여친 자리를 꿰찼다는 느낌도 아니었다. 그냥 이런 어정쩡한 관계가 싫었다. 그래서 범기에게 문자를 보낸 거였다.

'나 열공 모드 돌입했어. 당분간 만남은 쫌……. 언제나 너의 텐 포인트를 바랄게.'

구질구질하게 속사정을 말하기 싫어 보낸 문자에 범기는 바로 전화를 걸어 물었다.

"나 경기 때문에 청주 왔어. 근데 이거 무슨 말인지 하나도 모르겠다."

목이 꽉 잠겨 있었다. 한 남자의 가슴을 아프게 했구나, 싶었지만 그래도 아니올시다, 라고 생각하면서 만나는 건 떳떳지 못한 일이었다.

"문자 그대로야. 그만 끊을게."

다시 전화가 울렸지만 예슬은 받지 않았다.

그런데 대회 때문에 학교도 못 나온 범기의 첫 소식이 실연에 의한 '투신'이라니…….

1교시 시작 전 범기의 휴대폰으로 전화를 걸었다. 예슬이 좋아하는 팝송이 연결음으로 흘러나왔다. 하지만 그뿐, 범기 목소리는 들을 수 없었다.

예슬은 범기의 휴대폰에 음성을 남겼다.

"범기야……."

이름을 불러 놓고 나니 울컥했다. 범기의 부재가 무엇보다 강하게 녀석의 존재감을 알리고 있었다.

공재섭 선생

따뜻하게 덥힌 비데 위에 앉아 느긋하게 조간신문을 훑던 공재섭 선생은 영원고 학생 투신 기사에 화들짝 놀라 미처 바지를 올리지도 못한 채 화장실을 나왔다. 신문에 학교 이름이 나오지는 않았지만 작년 전국 체전 양궁 준우승 팀이라면 바로 영원고였다. 그래도 자살 시도라면 죽지는 않았다는 거니 그나마 다행이었다. 도대체 어떤 자식이 말썽을 피웠나 싶어 공재섭 선생은 꼼꼼하게 신문 기사를 챙겼다. 가만, 2학년 녀석이라 나와 있네. 공재섭 선생 머릿속에서 몇 명의 얼굴이 지나갔고 그중에 하나가 딱 잡혔다.

"아, 그 꼴통 새끼!"

4반 정범기, 양궁부의 대표적 꼴통. 오늘 0교시 심화반 수업은 긴급 교무 회의 때문에 자습으로 대체할 가능성이 컸다. 안 그래도 목구멍에 모래가 가득 찬 것처럼 아팠는데 잘됐다 싶었다.

그제야 파자마 바지를 끌어 올린 뒤 소파에서 느긋하게 신문을 읽었다. 어디 보자, 옥상에서 뛰어내렸고, 까지 중얼거린 공재섭 선생은 '체벌이나 학원 폭력'이란 말에 숨이 턱 막혔다.

'멍이 들었다고?'

어느 정도 멍일까? 아주 시커먼 거, 아니면 푸르스름한 거, 그것도 아니면 거의 나을 무렵의 노르스름해진 빛깔? 아무리 머리를 굴려 봐도 사진 한 장 없는 몇 줄의 기사만으로 사정을 짐작할 수는 없었다.

'가만있자, 범기가 찾아온 게 며칠이더라?'

그날 자빠진 게 여태까지 멍으로 남았으려나. 체벌이니 뭐니 괜히 문제가 커지는 건 아닌가 싶어 공재섭 선생은 입이 썼다. 오후에 병원을 한번 찾아가 봐, 망설이는 사이 아침 출근 시간이 다가왔다.

정범기란 이름을 처음 알게 된 건 교무 회의 때 체육 선생을 통해서였다. 양궁부 코치가 따로 있지만 체육 선생이 전담 교사였기 때문에 가끔 교무 회의에서 양궁부 소식도 함께 전하곤 했다.

"현재의 학교 운동부는 현실적 상황으로 인하여 엘리트 체육을 할 수밖에 없는 실정입니다. 대학에 가거나 국가 대표가 되는 게 궁극적인 목표다 보니 연습과 경기로 인한 수업 결손이 있을 수밖에 없고, 또 성적도 일반 학생들보다는 못하지요. 양궁부 아이들 모두 그런 점을 알고 있고, 또 그걸 당연하다고 생각해 왔어요. 그런데 한 녀석이 그것에 대해 문제를 제기했습니다."

보통 양궁부의 소식이라면 경기 일정으로 결석을 하게 됐으니

해당 선생님들의 양해 바란다, 혹은 대회 성적이 우수하다 혹은 미흡하다 정도였다. 그래서 체육 선생님의 발언이 흥미로웠다.

윤리과 하 선생이 재밌다는 얼굴로 물었다.

"그거야 다 아는 사실인데 도대체 누가 문제 제기를 했다는 겁니까?"

"2학년 4반에 키 크고 싱겁게 생긴 녀석인데 정범기라고, 얼마 전에 동메달 땄던 학생입니다."

"아, 범기. 근데 그 녀석이 왜요?"

"그러니까 수업을 듣게 해 달라는 겁니다. 양궁부만이 아니라 운동부 애들은 4교시 끝나면 보통 연습하러 가잖아요. 그렇게 하니까 성적도 떨어지고 같은 반 애들과도 친해질 수 없어서 싫다는 거지요. 그런데 현실적으로 수업 다 들여보내고 언제 연습시켜 경기에 내보내겠습니까?"

체육 선생은 어이가 없다는 듯 허탈한 웃음을 지었다. 원칙적으로야 학생이 수업을 듣겠다는 걸 막을 방도는 없지만 말귀 못 알아들을 나이도 아닌 애가 그러니 답답한 노릇일 거였다.

"그래서 뭐라 하셨어요? 학생이 알아듣게 말하려면 애먹으셨을 텐데."

"그런 게 어딨습니까? 말도 안 되는 소리 말라고 윽박만 질렀죠."

그때 진땀을 빼던 체육 선생의 얼굴이 눈에 선했다.

그 후에 공재섭 선생도 정범기 꼴통의 실체를 확인할 일이 생겼다. 중간고사 성적이 나온 직후, 수학 시험 결과를 보다가 전교에서 두 명이 0점을 맞은 것을 확인했다.

"으휴, 돌대가리들. 머리는 뒀다 뭐에 쓰려고."

'공부해서 남 주냐?'가 평소 소신인 공재섭 선생은 학생들이 해야 할 일은 당연히 공부고, 공부를 못하는 것들은 학생의 본분을 어기는 것이므로 엄격히 다스려야 한다고 생각했다. 학생들이 뒤에서 변사또라 부르는 것도 알고는 있었지만 그러거나 말거나 귓등으로 흘렸다. 그저 소신껏 할 일을 할 뿐이었다.

변사또의 탄생에 결정적 공헌을 한 건 이른바 정신봉이었다. 공재섭 선생은 PVC 파이프에 청 테이프를 둘둘 감은 정신봉을 오른쪽 겨드랑이에 끼고 다니다, 수업 시간에 조는 놈들이나 혹은 한 자라도 더 보면 피가 되고 살이 될 야자 시간에 복도를 활주하는 녀석들의 어깨에 정신봉을 찔렀다. '방황하는 청춘 예방 백신'이라도 되는 듯이 정성을 담아서 콕콕! 정신봉의 활용은 체벌 논란을 비켜 가면서 교묘히 학생들의 자존심은 긁어 놓을 수 있어 매우 효과적이었다.

욘석들 아주 죽어 봐라, 수첩에 두 명의 이름을 적다 보니 그중 한 명은 지난번 모의고사에서도 0점을 받은 아이라는 걸 알았다.

'정범기? 아, 양궁부!'

아무리 운동하는 아이라 해도 연달아 0점을 맞다니. 공재섭 선생은 일부러 범기의 답안 카드를 찾아봤다. 먼저 주관식 답지도 빼곡히 채운 것을 보고는 어이가 없었다. 객관식은 일렬로 쭉 찍고 주관식 답안지는 하얗게 비워 놓는 게 예사인 하위권의 일반적 유형과는 달랐다. 이런 애가 왜 0점을 맞았을까 의아스러웠다. 찬찬히 답안 카드를 살폈다. 주관식은 문제의 의도를 제대로 알지 못한 채 엉뚱한 방법으로 풀었고 객관식은 답 사이로 막 피해 다녔다.

한마디로 요령 부족이었다. 어차피 운동으로 대학을 갈 경우 내신을 따지지는 않을 테니 0점의 수치만 피해도 될 것을, 제까짓 게 뭐라고 고집을 부렸단 말인가. 공재섭 선생은 이런 경우가 가장 고치기 힘들다며 끌끌 혀를 찼다. 그래도 이 정도 성의를 보인 걸 보면 우직한 아이일 테니 한 번쯤 시험 보는 요령을 알려 주리라 결심하고 정범기 이름에 형광펜으로 밑줄을 그었다.

마침 4반 수업에 들어가서 공재섭 선생은 뒷줄에 앉은 정범기를 눈여겨봤다. 거무스름하게 콧수염이 보였지만 어린 티가 흘렀고 끔벅거리며 수업을 듣는 눈매를 보니 순진한 녀석이었다. 갱생의 가치가 있다고 믿었기에 수업이 끝나고 녀석을 불렀다.

긴 다리를 가지런히 모은 채 앉은 범기는 안녕하세요, 하며 히죽 웃었다.

"내가 널 왜 불렀을 것 같냐?"

"빵점 맞은 거 때문에요."

그러더니 머리를 긁적였다.

"그래. 네가 생각해도 좀 심하지? 더구나 한 번도 아니고."

범기가 죄송합니다, 꾸벅 인사를 했다.

"괜찮아. 운동하면서 공부 병행하기가 쉽지 않을 테니까. 그래서 말인데 수학도 그냥 푼다고 좋은 점수 받는 게 아니야. 범기는 수학 공부 어떻게 하고 있니?"

꾸중을 하는 것도 아닌데 녀석 얼굴이 벌게졌다.

"학원 다닐 시간이 안 돼서 인터넷 강의 신청했어요. 그런데 듣다 보면 몸이 피곤해서 그런지 자꾸 졸아요."

짐작대로 아주 안 하는 녀석은 아니었다.

"피곤하겠지. 그러면 인터넷 강의는 너한테 맞는 방법이 아닌 거야. 혹시 형편이 되면 과외를 받아 보는 건 어떠니? 오래는 아니고 몇 달만이라도."

"중학교 때부터 수학을 놔서 몇 달 가지고는 어림도 없을 거 같은데요?"

범기가 조심스레 물었다.

"다 하라는 얘기가 아니야. 집합도 좋고, 확률이나 통계, 혹은 방정식이나 함수, 암튼 개중에 네가 좋아하는, 아니 좀 만만해 보이는 파트 두 개만 골라서 그것만 집중적으로 파고들어. 그러면 보통 서너 달, 빠르면 두 달이면 끝낼 수 있거든. 그러니까 시험 때는 그거만 풀어. 시간을 다 잡아먹어도 되니까 그 문제만 풀어. 그리고 나머지는 찍어. 1번 했다가 3번, 또 5번 했다가 2번, 이렇게 찍으면 안 되고 한 번호로 쭉 찍어. 그러면 5분의 1 확률로 맞을 가능성이 있잖아. 거기다 네가 푼 문제 몇 개 맞고 그러면 0점이 뭐냐, 점수 확 오를 거다."

공재섭 선생이 침을 튀겨 가며 설명을 했는데도 범기는 멀뚱히 있었다.

"왜, 자신 없어?"

"그게 아니라 왠지 편법을 쓰는 거 같아서요. 이왕 수학 공부하기로 한 거 집합부터 통계까지 쭉 하면 안 되나요?"

돌팅아, 네 머리론 백날 해도 안 돼, 이렇게까지 말해 줘야 하나 망설였다. 어쩜 저렇게 자신을 모를까, 괜히 빵점이 아니구나 싶었다.

"물론 그게 맞는 방법이지. 그런데 그럴 경우 시간이 굉장히 많이 걸릴 텐데. 넌 활 잡느라 시간 없다며, 괜찮겠어?"

"그렇긴 한데요. 지금 아니면 다시 할 기회가 없다 생각하니까 한번 도전해 보고 싶더라구요. 그냥 조금씩이라도 끝까지 공부해 볼게요."

다른 학생이 이런 말을 했다면 감격에 부둥켜안았을 거다. 그런데 끝에서 노는 애가 진지하게 이따위 말을 하니 어이가 없어 아무 말도 안 나왔다. 지지리 못나게 구는 것들은 도와주려 해도 어쩔 수가 없었다.

공손히 인사하고 돌아서는 범기의 뒷모습을 보며 공재섭 선생은 "저거, 완전 꼴통이네." 하고 중얼거렸다.

범기는 그 뒤로도 지속적으로 4반의 반 평균을 깎아 먹었다. 그 뒤에 충격의 빵점은 없었지만 그 비슷한 점수도 몇 번인가 있었고, 전혀 달라지지 않았다. 고분고분 말을 잘 듣는 녀석은 아니었지만 룰에 어긋나는 일을 하지는 않았기에—사실 공재섭 선생의 입장에서 보면 공부를 못하는 게 룰에 어긋나는 일이지만—딱히 눈에 띌 일이 없었다. 수행 평가에 대한 걸로 꼴통 짓만 하지 않았다면 애저녁에 딴 길로 가 버린 양에게 눈길을 돌리지는 않았을 터였다.

수학은 과목이 갖는 특성상 수행 평가를 할 게 마땅치 않았다. 그래서 정규 시험 말고도 쪽지 시험을 쳐서 점수로 반영하곤 했다. 함수 문제 열 개를 주고 나서 풀게 하고 학생들 사이를 슬슬 돌아다녔다. 처음부터 아예 퍼질러 자는 원재 녀석이 보여 귓불을 쭉 잡아 늘렸다. 그 짧은 사이에 침까지 흘리며 자다니 도대체 뭐가 되려나 싶었다.

부모가 난작난작 매질만 해도 저렇게 공부를 못하진 않을 텐데, 원재 부모에게 정신봉이라도 빌려 주고 싶은 맘이었다. 누군들 공부가 쉬워서 하겠는가 말이다. 공재섭 선생도 종아리에 피멍 떨어질 날이 없을 정도로 아버지에게 맞지 않았던가. 공부하라고, 공부

해서 남 주느냐고, 종아리에서 살점이 뚝뚝 떨어질 만큼 호되게 맞
으며 커 왔기에 지금 이만큼이나마 사람 구실을 하는 거라고 생각
했다. 하지만 다시 그 시절로 가라면, 아휴, 고개가 절로 흔들렸다.
지금도 아버지가 회초리를 드는 꿈이라도 꾸면 잠에서 번쩍 깰 정
도였다.

원재 옆자리가 범기였다. 범기는 끙끙대며 문제를 풀고 있었다.
돌머리 굴려 봐야 돌가루밖에 더 떨어질까, 쯧쯧! 앞자리로 오다
가 유나의 시험지를 힐끗 봤다. 이런, 제대로 풀이식 세워 놓고 간
단한 계산 실수를 하다니. 공재섭 선생은 슬그머니 유나의 곱셈식
부분을 손가락으로 짚었다. 가운데 마디가 툭 불거져 나온 공재섭
선생의 굵은 손가락을 본 유나는 잠시 뭐지, 하는 얼굴이었지만 금
세 실수를 알아차렸다. 이게 바로 영리한 아이와 꼴통의 차이다.
이런 애들만 있다면 오죽 좋을까. 공재섭 선생은 교탁 앞에 섰다.
그런데 고개를 숙이고 문제를 푸는 아이들 뒤로 빳빳이 얼굴을 치
켜든 정범기가 보였다. 쟤 왜 눈을 부릅뜨고 있는 거야? 공재섭 선
생이 노려보자 범기는 고개를 떨궜다. 그뿐인 줄 알았다.

그날 오후 지난번처럼 얌전히 교무실 의자에 앉은 범기의 첫마
디는 이랬다.

"공정하게 하셨어야죠."

이게 미쳤나, 대체 뭔 소리를 하는 거야, 했는데 수행 평가 때문
이구나 하는 느낌이 왔다.

"유나 그게 헛똑똑이야. 식 세우고 다 푼 문제를 곱하기 하나 잘 못해서 틀릴 뻔했잖아."

뭐 대단한 건수 잡은 줄 알았지 윤석아, 공재섭 선생은 느긋하게 별일 아니란 듯 말했다. 그런데도 범기 얼굴이 풀리지 않았다. 내가 뭘 이런 자식한테 대거리를 해 줘야 하나 싶어 확 치밀어 오르는 찰나에 범기가 말했다.

"착착 풀어야지 끝까지 맞는 게 수학이라고, 그래서 어떤 과목보다 거짓이 없고 정직한 과목이라고 선생님이 그러셨잖아요. 그러니까 곱하기가 틀렸어도 그건 틀린 답이라고 생각합니다."

꼴통 본능 시작됐구나. 체벌이 금지됐다고 성질까지 같이 금지된 걸로 착각하고 선생을 아주 개똥으로 보는구나 싶었다. 공재섭 선생은 일단 일어서서 범기를 내려다봤다.

"그래서 뭘? 그 문제 때문에 네 내신에 엄청난 피해라도 입었다는 거야, 뭐야? 와, 이 꼴통이 아주 뚜껑 열리게 만드네. 그래 봐줬다, 왜? 공부 잘하는 애들, SKY 가는 애들 좀 봐준 게 뭐 대수라고 선생한테 눈을 부릅뜨고 난리야?"

공재섭 선생은 정신봉으로 범기의 가슴팍을 밀었다. 혹시나 말썽이 날까 봐 상처 남지 않게 조심스레 밀어붙일 참이었다. 그런데 엉거주춤하게 의자에서 일어난 범기가 뒤로 몇 걸음 걷다 그만 스텝이 엉켜 벌러덩 자빠지고 말았다. 그리고 하필이면 옆자리 일어과 박 선생이 운동할 때 쓰는 덤벨에 엉덩이가 부딪쳤다.

범기 입에서 악 소리가 튀어나오자 공재섭 선생은 저도 모르게 범기의 손을 잡으며 이렇게 말해 버렸다.

"괜찮아? 일어날 수 있겠어?"

범기가 오만상을 쓰면서 겨우 몸을 일으키자 공재섭 선생은 그제야 쌀쌀맞은 목소리로 돌아왔다.

"사내 녀석이 그만 일에 소리는! 못 견딜 거 같으면 어디 엉덩이 한번 까 봐. 심하면 병원에 데려다 줄 테니까."

혹시 엉치뼈라도 금이 간 건 아닌가 걱정돼서 해 본 소리였다. 예상대로 범기는 괜찮다며 교무실을 나갔다. 그렇지만 공재섭 선생은 아무래도 찜찜한 마음을 이기지 못해 괜히 혼잣말을 내뱉었다.

"박 선생도 그렇지, 마흔 넘어 무슨 근육을 만들겠다고 학교에까지 이딴 걸 갖다 놓느냔 말이야?"

그러면서 아무 죄도 없는 덤벨에 발길질을 했다. 실내용 슬리퍼만 신었다는 것도 깜빡 잊은 채.

"아구구구구구! 나 죽네."

조용한 교무실에 공재섭 선생의 신음 소리가 울려 퍼졌다.

교장과 교감 얼굴이 파랗게 질려 있었다. 어쩌다가 일이 신문에까지 나게 된 건지 사정부터 알아보라고 교장은 늘어진 볼살이 떨릴 정도로 소릴 질렀다.

"대통령 투신 이후로 뭐가 떨어졌다는 기사만 봐도 심장이 벌렁거려 죽겠어요."

일장 연설을 늘어놓은 뒤 교장은 천천히 의자에 앉았다.

"망둥이가 뛰니까 꼴뚜기도 뛴다더니 제 녀석이 뭐라고 뛰어내렸답니까? 나 원 참!"

교무 주임이 정범기 담임에게 시선을 두며 말했다.

얼굴이 벌게진 정 선생은 자신에게 쏠린 눈길이 부담스러운지 연신 이마의 땀을 닦았다.

"이왕 벌어진 일이니 어떻게 수습할지 얘기들을 좀 해 보세요."

교감이 교무 수첩으로 탁자 위를 탕탕 치자 본격적인 회의가 시작됐다.

'그 꼴통은 도대체 왜 떨어진 걸까? 비스듬히 넘어졌으니 옆구리까지 멍이 들었을 게야. 아, 박 선생은 왜 책상 아래 그런 걸 둬 가지고…….'

공재섭 선생은 이어지는 대책 회의 중에도 머릿속으로는 엉덩이에 든 멍이 빠지는 데는 시간이 얼마나 걸릴까 하는 생각만 하고 있었다.

주완

눈을 감고 있으면 바람이 느껴졌다. 오른쪽 귓불을 간질이다 얼굴을 스치며 지나가는 바람. 눈을 뜨고 조준기를 바라봤다. 그리고 왼쪽으로 약간 방향을 틀었다. 얼마만큼 틀어, 라고 물어도 대답할 수 없을 만큼의 '약간'. 그건 연습을 통해 바람을 읽어야 가능한 각도다. 줄을 당기는 세 손가락에 힘이 들어갔다. 드디어 슈팅!

텐이었다. 그것도 정중앙에 맞힌 엑스텐!

지난 시합에서 이렇게 했으면 좀 좋았을까? 아쉬웠지만 그래도 아직 기회는 많다고 자위했다. 열 발을 쏘는 동안 텐만 네 발을 쐈다. 기분 좋게 교실로 왔을 때 그 소식을 들었다.

"2학년이 지네 집 옥상에서 떨어졌대."

"죽었대?"

고3 교실답게 묻는 말도 심드렁했다. 죽지 않았으면 관심조차 가질 수 없다는 듯이.

"아니. 죽지는 않았다는데 학원 폭력 때문인 것 같대."

"양궁부라며?"

그 소리에 주완은 고개를 번쩍 들었고 순간 범기의 얼굴이 앞에 떠올랐다.

"넌 뭐 좀 알아?"

일시에 주완 쪽으로 시선이 쏟아졌다.

'나는 뭘 알고 있지?'

머릿속이 텅 빈 것처럼 멍했다. 주완의 얼굴을 보며 뭔가 대답을 기대했던 아이들은 반응이 없자 원래의 자세로 돌아갔다. '수능 대박 족집게 영어 써머리', 혹은 '7일 만에 끝내는 사탐 교실' 등의 문제집 속으로 고개를 박았다. 그래서 아무도 주완의 하얗게 질린 얼굴을 볼 수는 없었다.

'새끼, 결국 저질렀구나.'

중얼거리다 주완은 깨달았다. '결국'이라면 범기가 저지를 수 있다는 걸, 아니 분명히 저지르리라 예감하고 있었다는 걸……

지난 토요일에 양궁 종합 선수권 대회가 끝났다. 영원 고등학교의 성적은 좋지 않았다. 여고부 개인에서 은메달 하나만을 땄을 뿐이다. 남자 단체전에서 은메달이나 동메달, 남자 개인전에서 동메달 정도는 딸 거라 생각했는데 예상은 보기 좋게 빗나갔다.

고등학교의 마지막 대회였기에 주완으로서는 대단히 실망스러운 결과였다. 겨우 1, 2점에 메달 색이 달라지는 게 양궁 경기인지라 단체전에서 범기가 쏜 5점 화살은 어이없는 경우였다.

'저 새끼가 돌았나?'

그래도 범기 앞에서 화난 내색을 하진 않았다. 단체전에서 누구의 잘잘못을 따지는 건 팀워크를 해치는 결과를 가져오기에 절대로 뒷말을 해서는 안 되었다. 물론 코치 선생님까지 화를 삭일 수는 없었다. 그건 당연한 일이었다. 자세한 내막은 모르지만 전문 지도자로 학교에서 따로 초빙한 코치 선생님의 연봉은 팀의 성적으로 결정된다고 들었으니까. 당연히 팀의 성적으로 목이 달아날 가능성도 있을 터였다. 물론 그 전에 선수들의 장래—대학 입학이나 실업팀 진출—를 걱정하는 마음이 더 컸을 거라 믿고 싶지만…….

코치 선생님은 개인 시상식과 폐막식 직후 며칠 동안 묵었던 여관 앞마당에서 영원고 자체의 대회 해단식을 가졌다.

"결국은 정신 상태가 문제란 말이야. 무슨 말인지 알아? 마음이 해이해졌는데 어떻게 텐 포인트를 쏘겠냐고? 너희 국가 대표 선배들이 어떻게 70미터나 떨어진 곳에서 그 노란 동그라미 안에 화살을 척척 꽂아 넣느냐, 그게 바로 정신력이거든. 지금 너희에겐 그게 없다는 거야."

코치 선생님은 단골 레퍼토리인 정신력에 대해 침을 튀기며 강조했다. 그리고 다음 주부터 집중 강화 훈련을 위해 운동 시간을 한 시간씩 더 늘리겠다고 말했다. 지금도 연습량이 빡빡한데 또? 주완은 코치 선생님께 따지고 싶었지만 대회 성적을 생각하고 입을 다물었다.

코치 선생님의 말이 끝나자 범기가 쭈뼛거리며 코치 선생님에게 다가갔다.

"전 아산으로 가 봐야 할 것 같은데요."

새끼, 분위기 싸한 것도 안 보이나. 하여간 골 때리는 애인 것은 확실했다. 코치 선생님 얼굴이 점점 붉어지는 것 같아 주완이 먼저 선수를 쳤다.

"아산은 왜?"

"외할머니 칠순 잔치가 있어서요. 아버지랑 어머니도 지금 와 계시대요."

여기서 먼 거리도 아니고, 또 외할머니 칠순이라는데 안 보내는 것도 뭐하지만, 대회 성적도 개판인데 대뜸 보내 주는 것도 코치 선생님 눈치가 보였다.

"고등학생이 일일이 그런 거까지 쫓아다녀야 하냐? 그리고 만약 시합 중이었다면 어쩔 거야?"

단체전을 누구 때문에 망쳤는데, 개념 없이 굴고 있단 생각에 주완은 짜증이 치밀었다. 주완의 구겨진 얼굴을 봤는지 이번엔 코치 선생님이 말했다.

"가야 된다면 가야지 뭐. 교통편은 알아?"

여기서 그냥 갔으면 얼마나 좋아, 이 눈치도 더럽게 없는 새끼가 한술 더 떠 버린 게 화근이었다.

"그리고 다음 주부터 전 연습 시간 좀 바꿨으면 하는데요. 기말고사 대비해서 수학 학원을 끊었거든요."

화산에서 용암이 솟구치듯 뚜껑이 확 열렸다. 이걸 도대체 뭐라 말해야 하나? 엄연히 학생인데 수학 공부하겠다는 소리에 열 받으면 안 되겠지만, 대한민국에서 눈뜨고 살면 저절로 다 알게 되는 당연한 진리가 있으니, 그건 운동선수가 대학에 진학하는 길은 언수외(언어, 수리, 외국어) 고득점이 아니라 바로 운동이란 것이다.

코치 선생님도 믿을 수 없다는 듯 재차 물었다.

"이 새끼가 돌았나? 너 지금 뭐 한다 그랬냐?"

병신 새끼, 그냥 가만히나 있지 묻는다고 비죽거리며 입을 열었다.

"수학 학……."

세 글자나 말했을까, 돌기 직전까지 열 받은 코치 선생님이 뛰어올라 발길질을 했고 그 바람에 범기가 뒤로 엉덩방아를 찧었다. 또 그 바람에 여관 출입구에 세워져 있던 제법 큰 행운목 화분이 와장창 깨져 버렸다. 그래서 코치 선생님이 다시 한 번 범기 몸에 신발 자국을 남기려 할 때 사납게 생긴 여관 주인이 나와 새된 목소리로 따지고 들었다.

"아니, 이게 무슨 행패여? 남의 영업장소에서 왜 기물을 때려 부수고 난리여. 그리고 5공 때도 학생 패대기친다는 선생 얘기는 들어 본 적이 없건만 이 양반이 어디서 학생을 패고 지랄이여?"

구수한 충청도 사투리 속에 녹아들어서 그런가 여주인의 '지랄'이란 단어가 어쩐지 앙증맞게 느껴질 정도로 자연스러웠다.

"뭐 지랄? 이 여편네가 죽고 싶어 환장을 했나, 어디서 막말이야?"

학생들 앞인데 상소리를 듣고도 그냥 넘어갈 수는 없는 노릇이라 코치 선생님은 엉거주춤 일어난 범기는 본 척도 않고 이제 여주인을 향해 방향을 틀었다.

"얼씨구, 이젠 협박까지? 학생 폭행에, 기물 파손에, 멀쩡한 시민 협박까지 아주 콩밥 지대로 먹고 싶은 거구먼."

팔을 걷어붙이며 달려드는 여주인을 향해, 코치 선생님은 한 방 맞으면 사흘간 꼼짝없이 앓아눕게 만든다는 파워의 두꺼비 손바닥을 치켜들었다. 그리고 아이구, 요걸 때려 말어, 약 올리듯 손을 올렸다 내렸다 반복했다.

"영양 보충하게 콩밥 좀 드실라면 언능 치슈, 언능!"

주완이 보기에 코치 선생님 입장이 참 난감하게 됐다. 남자 대 남자라면 치고받고 끝날 수도 있을 텐데, 깡마른 여주인에게 이겨 봤자 본전치기도 안 되고, 그렇다고 없던 일로 덮자니 파워 두꺼비 손바닥을 올린 액션이 맥없어 보일 거였다.

그래도 팀 내 최고 학년이고 주장인 자신이 나서는 게 제일 모양이 나을 것 같아 주완은 어설프게 들린 코치 선생님의 주먹을 끌어 내렸다.

"왜들 이러세요. 선생님이 참으세요."

아휴 조걸 그냥, 하며 몇 번 허공을 휘젓던 코치 선생님의 주먹은 참으세요, 소리에 홀가분한 듯 바지 재봉선 옆으로 쑥 내려갔다. 여주인도 일이 커지는 것은 싫었던지 줄기나 안 꺾였나 몰라, 하며 화분 쪽으로 등을 돌렸다.

결국 화분 값만 삼만 오천 원 물고 사건이 끝났을 때는 정작 문제의 시발점이 된 범기에게 분노의 발길질을 할 기운이 코치 선생님에게 남아 있지 않았다.

"범기 일은 네가 알아서 해라."

그래서 범기 일은 주완에게 넘어오게 됐다.

문짝이 우그러져 잘 열리지 않는 봉고차의 문을 열며 코치 선생님은 씨발, 소리를 연거푸 했다.

"이 똥차를 삼 년 더 타라니 그 전에 내가 속 터져 죽지 싶다. 아휴!"

더 이상은 내려가기가 불가능할 정도의 더러운 기분 상태를 파악한 애들은 1학년부터 자발적으로 봉고차 뒤 칸 자리를 채웠다. 다른 때라면 좁은 뒷자리 안 타려고 가위바위보를 하며 난리를 쳤을 텐데…….

"큰길가에 서 있을 테니까 말하고 얼른 와라."

수명이 다해 가는 봉고차가 힘겹게 출발하자 주완은 범기에게 바짝 다가섰다.

"너, 뭐냐?"

짧게 물었다. 도대체 뭐하자는 플레인지 이해할 수 없었다.

"네?"

도대체 뭐가 문제냐는 듯 범기 얼굴이 무구했다. 아, 울화통 터져.

"지금 양궁 그만두고 수능 준비하겠다는 거냐?"

자기 입으로 공부가 도저히 자신이 없어 양궁을 시작했다고 하지 않았던가. 그런데 새삼스럽게 수학 학원이라니……. 범기의 속

내가 궁금했다.

"그런 게 아니라 둘 다 잘하고 싶습니다. 아니, 잘하는 정도는 아니더라도 완전히 꽝으로 손 놓고 있기는 싫어서요."

양궁과 공부를 둘 다 하겠다는 긍정적인 마인드까지 탓하고 싶지는 않았다. 그런데 그 긍정의 마인드가 괜히 주위 사람을 불편하게 만든다면 그건 좀 아니지 않을까. 저 혼자만 공부를 하겠다는 건 다른 애들은 공으로 놀고먹으며 대학을 가는 것처럼 들리지 않느냐 이 말이다. 우리도 죽어라고 화살을 쏘는 거다. 화살 한 발 한 발이 우리의 수능 점수고, 꿈이고, 시간이고, 돈이고, 부모님의 기대고, 전부였다.

"이 새끼 말하는 거 봐라. 뭐 꽝? 그럼 니 눈엔 내가 맹탕으로 손 놓고 있는 걸로 보이냐?"

"그게 아니라……."

범기도 양궁 몇 년 해 봤으니 알 거다. 우리나라에서 양궁 국가 대표가 되는 길이 낙타가 바늘구멍 들어가는 것만큼 힘들다는 것을. 아니 국가 대표가 아니더라도 당장 대학 입학 자격을 얻는 것도 엑스텐을 연달아 다섯 발 쏘는 정도의 확률이라는 것을 말이다.

주완도 수시에서 실패했다. 작년에 딴 은메달 두 개로는 역부족이었다. 진짜 금도 아닌데 금메달이 그렇게 탐날 수가 없었다. 양궁은 개인 점수로 대학에 가지만 그것이 동점일 때는 단체전 메달도 제법 가치를 발하니 이번 대회 단체전 메달 하나라도 따 놓는 게 유리하다고 코치 선생님도 말씀하셨다. 그런데 그걸 이 새끼 때문에 놓친 거였다.

"너 때문에 단체전 메달 놓쳤잖아. 너는 다음 기회가 또 있겠지만 난 이 대회가 마지막이라고. 네 눈에 맹탕으로 보일지 몰라도 난 화살 한 발이 수학 열 문제 백 문제보다 더 중요하다고. 알아들어, 이 개새끼야!"

"선배, 죄송해요. 그런데 제 말은……."

"넌 아직 뭘 잘못했는지 몰라. 내가 참을 수 없는 건 네가 5점을 쐈기 때문이 아니라 다른 사람을 모두 꽝으로 만들어 버렸기 때문이라고. 너만 잘나고 나머지는 모두 바보 멍충이로 보이냐고? 엎드려, 새끼야."

맘 같아선 여기저기 주먹을 꽂아 넣고 싶었지만 운동을 하면서 가장 먼저 배운 건 팀워크였고 때릴 때도 기강이 있어야 한다는 거였다. 범기가 엉덩이를 내밀자 주완은 주위를 둘러봤다. 여관 앞 쓰레기 더미 옆에 버려진 우산이 보였고 그걸로 열 대를 때렸다.

때려도 속이 시원하지 않았다. 가능하다면 시간을 리와인드 시키고 싶었다. 개인전 마지막 엔드에서 8점짜리 화살을 쏘기 전으로. 십오 초나 남았는데 왜 화살을 놓았을까. 몇 초만 더 가지고 있었더라면 바람의 방향이 바뀌는 걸 알았을 텐데. 바람의 방향을 읽고 쐈더라면 텐에 꽂히지 않았을까.

범기는 소리 한 번 지르지 않고 열 대를 고스란히 맞았다.

"일어나. 늦지 않게 가라."

하지만 범기가 일어나는 모습도 보지 않고 돌아서 나왔다.

1교시에 들어온 선생님도 아이들에게 자습을 시켰다. 진도도 끝났고 수능이 코앞이라 각자 부족한 과목을 공부하는 게 더 중요한 시간이라고 애들이 말했다. 주완은 공부에서 손 놓은 지가 옛날 고릿적이라 시간이 남아도 뭘 공부해야 하는지 몰랐다. 책상 서랍에서 참고서를 꺼냈지만 눈에 들어오지 않았다. 어차피 2교시도 이럴 거라면 차라리 화살 몇 발 쏘는 게 낫지 싶었다. 주완이 앞으로 나가자 선생님이 화살 당기는 시늉을 하더니 가 보라는 손짓을 했다.

'아예 잡을 생각도 안 하는구만.'

주완은 다시 과녁 앞에 섰다. 침을 삼키며 드로잉을 했다. 그리고 슈팅 자세에서 조준기를 확인했다. 저 노란 원 안에 화살을 꽂을 수 있을까? 화살을 쏘기 직전 범기 생각이 났다. 범기도 그랬겠지? 과녁을 볼 때마다 불안하고 걱정스러웠겠지. 내 인생이 화살 몇 발에 결정된다고 생각하면 손끝이 파르르 떨렸을 거야.

그래서 수학 학원에 다니고 싶었던 거니? 수학이, 영어가 우리 인생을 구제할 확실한 보증서라도 된다면 얼마든지 하게 했을 거야. 그런데 정말 그럴까? 상위 1프로 아이들에겐 어떨지 몰라도 너나 나에게도 그럴까? 조금만 참았으면 얼마나 좋았을까. 네 몸의 멍이 풀어질 때면 지랄 같은 이 성질도 누그러진다는 걸 잘 알면서, 또라이 새끼야, 왜 뛰어내렸어?

심호흡을 하고 손가락을 풀었다. 화살이 과녁을 향해 날아갔다.

범기

인디언 속담에 이런 말이 있다지?

'그렇게 될 일은 결국 그렇게 된다.'

그렇다면 신문에 보도될 정도로 부풀려졌던 범기의 일도 소소하지만 조금씩 준비된 일이었을까?

"너 양궁 한번 해 볼래?"

체스트 패스를 하느라 쭉 뻗은 팔을 보던 체육 선생님이 범기에게 물었다. 그러나 집안의 내력 탓인지 나이에 맞지 않게 가는귀가 어두운 범기는 그 말을 제대로 듣지 못했다. 정상적인 환경에서도 간혹 말썽을 일으키는 청력인데 둘씩 짝을 이뤄 농구 연습하는 틈바구니에서니 더 말할 것도 없었다. 체육 선생님의 모습이 마치 소음 제거를 한 화면 같았다.

"네?"

체육 선생님도 범기 못지않은 청력 문제가 있는 건지, 아니면 독해력에 이상이 있는 건지는 모르겠지만 체육 선생님은 범기의 '네?'를 예스로 받아들였다.

"그러면 이따가 수업 끝나고 체육실로 와라."

벙찌긴 했지만 그날 오후 범기는 체육실로 향했고 그길로 활을 잡게 됐다.

태극 마크를 단 궁사들의 멋진 모습에 반해 시작했다는 다른 친구들의 포부에 비하면 범기의 양궁 입문 동기는 차마 쪽팔려 말할 수도 없었다. 하지만 어때랴. 세계적인 디자이너 피에르 가르뎅도 선택의 기로에 설 때마다 동전을 던져 중요한 결정을 했다고 하지 않던가. 물론 심플한 결정의 순간 뒤에는 후회 없이 매진했다는 아름다운 후일담이 뒤따르긴 하지만 말이다. 나도 잡소리 안 듣고 열심히 화살만 쏘면 가는귀가 어두워 양궁을 시작했다는 우스운 과거도 아름답게 포장되겠지 뭐, 범기는 그런 당찬 배짱으로 양궁부에 들어갔다.

양궁은 상당히 매력 있는 운동이었다. 적어도 범기에게는 그랬다. 그래서 베이징 올림픽 수영 부문에서 마이클 펠프스가 8관왕에 올랐을 때도 범기는 칫, 하며 맘껏 비웃을 수 있었다. 전신 수영복이니 반신 수영복이니 하며 물과의 마찰력을 줄여 주는 과학의 힘이 신기록을 가능하게 했다는 캐스터의 말을 들었기 때문이다.

"똑같은 수영 팬티 입고 일대일로 맞짱 떠 봐. 박태환이나 펠프스나 도진개진이지."

그에 반하면 양궁은 과학의 영역에서는 도저히 넘볼 수 없는 스포츠였다. 바로 정신력! 무엇에도 흔들리지 않고 자신의 페이스를 유지하는 힘. 그걸 기르기 위해 국가 대표 선수들은 한밤의 공동묘지 훈련도 했다지 않던가.

그렇지만 범기가 정상적인 대화 불발로 인해 체육실을 찾은 그날부터 순수하게 양궁의 매력에 빠진 건 아니었다. 그날 범기는 체육실 입구에 걸린 김진호, 서향순, 김수녕, 오교문, 장용호 등등의 선수들 사진을 보면서 다른 생각을 했다.

'어쩌면 양궁이 더 빠를 것 같은걸……'

그즈음 범기는 바닥을 향해 곤두박질한 성적표와 돌고래보다 약간 높은 두 자릿수의 아이큐 테스트 결과로 연타를 맞은 상태였다. '삼대독자 정범기 웬만큼 되는 대학 보내기'를 일념으로 살아가는 나이 든 부모님을 생각하면 양궁을 병행하는 것도 괜찮겠다는 범기 나름의 꼼수였다. 하지만 세상의 모든 꼼수는 빠르건 늦건 언젠가 그 허점이 들통 나기 마련이라는 걸 범기는 모르고 있었다.

땅속 깊은 곳에서부터 미세하게 움직이던 마그마가 결국 화산 폭발로 제 모습을 드러내는 것처럼 범기의 꼼수에도 조금씩 균열이 가고 있었던 걸까? 그리고 어쩌면 그 균열의 시작은 추적추적 봄비가 내리는 놀토였을지도 모르겠다.

교과서 몇 권만이 드문드문 꽂혀 있는 휑한 책상에 엎드려 있던 범기는 심심한데 만화책이라도 빌릴까 하며 집을 나섰다. 빗발은 굵지 않았고 또 대여점까지 제법 거리가 멀어 자전거를 타기로 했다. 그런데 아무리 빗길이라지만, 휘몰아치는 눈발 속에서도 넘어진 적 없던 범기가 코너를 돌다 미끄러진 건 참으로 어처구니없는 일이었다. 지나가던 몇 명의 행인이 쳐다봤지만 순간의 쪽팔림이야 가볍게 넘길 수 있었다. 그런데 넘어지면서 땅을 짚은 오른쪽 손목이 부어오르면서 욱신욱신 아팠다. 혹시나 싶었는데 아니나 다를까 손목 부상. 앞으로 석 달 동안은 양궁 연습을 할 수 없다는 진단을 받았고 규모가 크진 않지만 두 개 대회의 불참이 결정되었다.

"전국에 양궁 선수들이 몇 명인 줄 알아? 그중에 체육 특기생으로 대학에 가는 애들이 몇 프로라 그랬냐? 십 프로, 겨우 십 프로라고. 네가 그 십 프로에 들어갈 거 같아? 피똥을 싸면서 연습해도 될까 말까 한데 지금 뭐하자는 수작이야?"

코치 선생님의 꾸중은 당연한 거였다. 범기 자신도 지금이 얼마나 중요한 시기인지 잘 알고 있어 면목이 없었다.

"씨, 더럽게 재수 없네."

범기는 틈날 때마다 자전거가 미끄러졌던 코너의 전봇대에 침을 뱉으면서 발길질했다. 그런데 인간사 새옹지마라더니 범기에게 손목 부상은 뜻밖의 행운을 안겼다.

부상이 없었더라면 당연히 저녁 연습에 참가해야 할 시간, 범기는 양궁부실에서 나와 집으로 향했다. 물리 치료 하고 남은 돈으로 피시방이나 들를까 망설이면서. 골목 입구의 보안등이 막 켜지던 순간 범기는 어느 주택 앞에 널브러진 듯 앉아 있는 여자아이를 보았다. 무심히 지나치려던 발걸음을 멈추고 보니 몹시 낯익은 얼굴이었다. 같은 반 여자애. 아마도 이름이 예슬이었지. 그나마 연예인과 이름이 같아 외울 수 있었고 또 양궁부 후배가 해 준 얘기가 있어 더 기억에 남는 아이였다. 범기는 모른 척 지나갈까 망설이다 물었다.

"혹시 예슬이?"

눈물 자국이 말라붙은 채 엉망으로 취한 예슬이 고갤 들었다. 꾸미지 않은 상처투성이 모습 그대로 예슬은 그렇게 범기 마음속으로 들어왔다. 그리고 그날 예슬을 만난 일은 범기에게 엑스텐을 쏜 것만큼 기억에 남을 사건이었다.

양궁밖에 몰랐던 범기 일상에 예슬은 핵폭탄 급의 변화를 안겨 주었다. 아니, 엄격히 따지자면 그것은 핵폭탄 급의 변화라기보다 그간 범기가 놓치고 살던 열여덟 살의 소박한 생활이었다. 범기는 예슬과 영화도 보고 노래방도 가고 햄버거도 먹고 친구들 험담도 하는 하루하루가 즐거웠다. 손목이 계속 아파서 양궁을 안 했으면 하는 생각이 들 정도였다.

교복과 운동복만 몇 벌 걸린 옷장 때문에 처음으로 심란해졌으며, 띠링 울리는 휴대폰 소리에 잽싸게 문자를 확인하는 버릇도 생겼다. 책상 모서리에 옆구리를 부딪쳐 가며 잡은 휴대폰 문자의 내용이 대출 안내라는 걸 확인하곤 약정 기간도 안 끝난 휴대폰을 아주 부서져라 던져 버린 일도 있었다.

범기는 예슬이 좋았다. 그냥 좋은 게 아니라 무지무지 좋았다. 그래서 범기는 당황스러웠다. 예슬을 향한 마음이 범기가 알고 있는 대인 관계 매뉴얼보다 훨씬 앞질러 가 버렸기에 예슬을 만날 때면 어떤 얘길 할까, 어떤 행동을 해야 하나 쩔쩔맸다. 그거야 한 번도 여자 친구를 사귀어 본 적이 없는 범기로서는 당연한 거였다. 예슬을 만날 때마다 더 가까이 있고 싶고, 손을 잡고 싶고, 키스도 하고 싶었다. 하지만 범기에게는 자연스럽게 가까운 관계를 만들 노하우가 없었다.

범기는 답답한 맘에 인터넷에 이런 말도 안 되는 질문도 올렸다.

'여자 친구랑 몇 번쯤 만난 후에야 키스를 할 수 있나요?'

쑥스러움을 참고 혹시나 해서 답글을 살폈더니,

'개쪽 당하기 전에 닥치삼.'

'니 초딩이지.'

'현대 사회에서 키스는 만난 첫날 하는 것이 불문율로 정해져 있습니다. 그런 것도 모르다니……. 안됐지만 지금 님께서는 여친을 사귈 만한 자격이 없는 듯합니다.'

화끈함에 화면을 닫았지만 그 후에도 범기의 얼굴이 달아오를 일은 몇 번 더 있었다.

일요일 오후, 같이 영화를 보고 나오던 범기는 용기를 내서 예슬의 손을 잡았다. 뿌리치면 어쩌나 걱정했는데 예슬은 살짝 째려보기만 할 뿐 가만히 있었다. 여기서 더 진도를 나가야겠지, 범기의 욕심이 결국 사고를 치고 말았다.

"예슬아, 나 소원 하나 들어주면 안 돼?"

"뭔데, 말해 봐."

예슬은 뭐든 들어줄 것 같은 얼굴로 물었다.

범기는 도저히 입으로 내뱉을 수 없어 예슬의 손바닥에 글씨를 썼다. 겨우 몇 개의 영어 철자가 진심을 제대로 전달할 수 있으려나 범기는 다리가 후들거릴 정도로 긴장됐다. 그런데 범기의 손바닥 고백을 다 듣고 난 예슬의 얼굴이 멍했다.

"끝이야? 이게 끝이냐고?"

뭐가 끝이라는 거지? 아, 그러니까 직접 행동으로 옮기란 말인가? 그래도 이렇게 사람 많은 데서? 범기가 으슥한 곳이 어디 없나 둘러볼 때 예슬이 말했다.

"'S'가 하나 더 있어야지. 'KIS'가 뭐야? 너, 정말 몰랐어?"

맞아, 'S'가 두 개였지. 장난으로 넘길까 생각했지만 그 타이밍도 놓치고 말았다. 얼굴이 화끈했다. 그리고 결국 철자 하나 때문에 키스도 못 했다.

"어떻게 양궁 빼고는 아무것도 모르냐? 너 전체 내신 등급이 몇 등급인 줄은 알아?"

내신 등급이라? 범기도 그 말을 몇 번인가 들어는 봤는데…….

9등급이나 10등급 둘 중에 하나였던 것 같은데 기억이 가물가물했다.

"한우 품질 검사도 아니고 어떻게 사람을 등급으로 나누냐?"

범기는 유머로 넘기려 했다. 하지만 눈치 못 챌 예슬이 아니었다.

"그것 봐. 정말 아무것도 모르잖아. 아무리 양궁부라지만 너 문제가 있다."

그날 예슬의 눈빛은 의미심장했다. 단순히 무시하는 게 아니었다. 도대체 넌 어떻게 살고 있니, 라며 묻고 있었다.

'난 어떻게 살고 있지?'

예슬의 눈빛에서 범기의 고민이 시작됐다. 범기는 양궁을 시작하고 처음으로 지금 이 길이 맞는 길인가 자문했다.

"슬럼프 때는 다 그런 생각이 들어. 그 시간만 지나면 괜찮아."

3학년 주완 선배 말처럼 슬럼프를 겪는 것도 이유가 될 수 있었다. 하지만 그게 다가 아니었다. 뭔가 아니란 느낌만 있을 뿐 범기는 정확히 뭐가 문제인지 알 수 없었다. 그러다 우연히 들어간 미니 홈피를 보면서 깨달았다. 범기의 미니 홈피는 인터넷 게임 광고로 도배된 방명록을 빼고는 '사진첩'도 '다이어리'도 게시물 하나 없이 깨끗했다. 운동복을 입고 활을 잡는 거 아니면 사진첩에 올릴 사진도 없고 하루의 연습량 말고는 다이어리에 쓸 얘기도 없었기 때문이다. 텅텅 빈 미니 홈피가 범기의 문제를 그대로 보여 줬다. 그러니까 범기의 문제는 일반적인 열여덟 살에서 너무 멀어져 있다는 거였다. 양궁을 잘해 대학을 가고 태극 마크를 달면 얼마나 행복할까 생각하며 연습했었는데……. 예슬을 만나면서 범기는 궁금해졌다. 그러면 정말 행복할까?

범기는 부상 회복 후 처음 나간 대회에서 참담한 결과를 맛봤다. 단체전 경기에서는 5점을 쏴서 동메달도 날아가게 만드는 민폐를 끼쳤다. 단체전을 엉망으로 망쳐 기분도 꿀꿀한데 마침 예슬의 문자가 들어왔다. 예슬의 응원만 있어도 기운이 펄펄 날 것 같은데 안타깝게도 범기 휴대폰은 며칠 전 액정이 깨진 상태였다. 띄엄띄엄 보이는 자음과 모음만으로는 무슨 내용인지 알 수 없었다. 그나마 뒷번호 세 자리가 보여 예슬의 문자라는 걸 알 수 있었다.

범기는 바로 예슬에게 전화를 걸어 무슨 내용인지 물었지만 예슬은 별말 없이 전화를 끊어 버렸다. 그게 끝이었다. 그리고 다시 전화를 걸었을 땐 받지 않았다. 학원에 있나 싶어 밤늦은 시간에도 걸었지만 끝내 예슬의 목소리를 들을 수 없었다. 무슨 일이 있나 걱정돼 범기는 밤잠을 설쳤고, 결국 그것이 개인전 결과에도 영향을 미쳤다.

대회 마지막 날 일어난 사건도 범기로서는 정말 억울했다. 대회에 참가하기 전 범기는 늦었지만 이제부터 공부를 병행해 볼 생각이라고 부모님께 말씀을 드렸다. 양궁 실력만으로 대학 진학이 힘들다는 건 응원차 대회에 몇 번 오셨던 부모님도 눈치채고 있었는지 흔쾌히 허락하셨다. 범기는 단순히 그걸 말하고 연습 시간을 조정하고 싶었다. 연습을 안 하겠다는 것도 아니었기에 코치 선생님이 그렇게 열 받아 하실 줄은 생각조차 못 했다. 때가 안 좋았구나 느꼈지만 선후배 앞에서 발길질을 당해야 할 정도의 일은 아니라 생각했다. 결국 화분이 깨져 엉뚱하게 코치 선생님과 여관 사장님의 말싸움으로 분위기는 흐려졌지만 범기는 충분히 모욕을 당했다고 느꼈다. 외할머니의 칠순 잔치가 있었지만 범기는 바로 서울로 올라왔다.

집에 들어온 범기는 가방을 팽개치고 소파에 벌렁 드러누웠다. 그때 범기 눈에 왜 식탁 위의 소주가 들어왔을까?

아무도 없는 빈집에서 범기는 케이블 음악 방송을 틀어 놓고 홀짝홀짝 술을 마셨다. 소주는 마취제처럼 범기 혀를 꼬이게 만들었고 그러자 하고 싶었던 말들이 술술 흘러나왔다.

"나라고 공부하고 싶은 줄 알아? 화살만 쏘면서 살 수는 없을 테고 나중에 활을 그만 잡게 되면 완전 깡통인 게 뽀록날 텐데, 그게 무섭다고. 공부 좀 하겠다는데, 그게 뭐 어쨌는데. 나도 겁난다고. 머리도 꼴통인 게 뒤늦게 공부하겠다고 설치는 맘 니들이 아냐고?"

결국 한 병을 다 마신 범기는 거실 벽 한가운데 걸린 전국 체전 은메달을 빼 들었다. 다른 메달들은 서랍 속에 고이 있겠지만 전국 체전에서 받은 메달은 부모님이 쾅쾅 못질을 해서 십자가 옆에 생뚱맞게 걸어 놓았다. 범기는 메달을 목에 걸고 거울을 봤다. 자랑스럽게 시상식에 섰던 기억이 아스라이 떠올랐다.

거울 속의 범기는 불콰해진 얼굴이었다. 바람이라도 쐬자 싶어 무작정 집을 나왔다. 그런데 집 앞에서 1층 아줌마가 누군가와 수다를 떨고 있었다. 지나가면 술 냄새가 확 풍길 텐데 그 앞을 뻔뻔히 지나갈 용기가 없었다. 범기는 빌라 옥상으로 올라갔다.

옥상에 올라서니 바람이 시원했다. 겨울을 향해 가는 마지막 가을바람이었다. 노을빛도 근사했다. 누군가 옥상에 갖다 놓은 평상에 한참을 앉아 있었다. 어두워지면서 집들마다 하나씩 불빛을 밝혔다. 추위와 어둠 속에서 성냥불을 켜며 희망을 봤던 성냥팔이 소녀처럼 범기는 그 작은 불빛에서 따스함을 느꼈다. 그리고 어디선가 삼겹살이라도 굽는지 고소한 냄새가 솔솔 풍겨 와 허기진 범기의 식욕을 자극했다. 가끔 터지는 웃음소리까지 들려 혼자 있는 범기를 더욱 초라하게 만들었다.

가족들이 오순도순 모여 앉아 삼겹살만 구워 먹어도 행복한 건데……. 토요일 저녁 옥상에서 바라본 불빛이 범기에게 평범한 행복을 말해 주고 있었다. 올림픽 금메달이 아니어도, 전국 체전 금

메달이 아니더라도 행복할 수 있을 텐데. 서울대, 연대, 고대를 못 가도 재밌게 살 수 있는 방법이 많이 있을 텐데.

범기는 오로지 화살만 쏘는 기계처럼 살아온 자신이 너무 불쌍했다. 왈칵 눈가가 뜨거워졌을 때 평상에서 일어섰다. 그때 범기의 목에서 출렁 메달이 흔들렸다. 범기는 목에서 메달을 빼냈다. 엄마가 광이 나도록 닦는 메달. 범기의 유일한 자랑. 학교 앞에 플래카드까지 걸게 했던 그 메달.

그런데 이게 무슨 의미지? 이거 하나 따려고 어깨가 빠지도록, 손목이 부러지도록 연습을 했던 거잖아. 먹고 자는 거 말고는 아무것도 못 한 채. 겨우 몇 그램의 쇳덩이 하나 때문에 놓친 게 너무 많았다. 이까짓 게 뭐라고, 범기는 미련 없이 옥상 너머로 메달을 던졌다.

멋지게 휙 돌아 나오려는데 문득 몇 달 전 예슬에게 했던 말이 떠올랐다. 땀 흘리며 열심히 운동했던 그 순간만으로도 충분히 아름다운 시간이었다고. 그건 빈말이 아니었다. 메달을 따기 위해서가 아니라, 대학에 가기 위해서가 아니라, 그저 집중해서 한 발 한 발 쏘는 바로 그 순간을 범기는 즐겼다. 바람의 방향을 느끼며 정신을 모으던, 오로지 자신에게 몰입할 수 있던 순간들. 그게 양궁의 매력이었기에 범기는 오 년의 시간을 버틸 수 있었다. 단지 대학에 못 갈 정도로 떨어진 양궁 실력과 형편없는 성적 때문에 정말 좋아했던 게 무언지 헷갈렸던 거다.

'난 정말로 양궁을 좋아했구나!'

뒤늦은 깨달음과 후회로 범기는 옥상 난간에 서서 메달이 떨어진 곳을 찾았다. 아무리 둘러봐도 보이지 않았다. 쏜살같이 아래로 뛰어 내려간 범기는 눈을 부릅뜨고 메달을 찾았다. 그런데 없었다. 저 위에서 던졌으니 이쯤 떨어졌을 텐데 싶어 옥상을 바라보던 범기는 집 앞 플래카드 줄에 걸린 메달을 발견했다.

집에 들러 50센티 막대자를 찾아낸 범기는 옥상 난간에 붙어서 메달을 건지려 했다. 아슬아슬하게 몇 센티 차이로 막대자는 메달에 닿지 않았다. 혹시나 해서 옥상을 찾았지만 메달까지 닿을 만한 물건이 눈에 띄지 않았다. 안타까워 발을 구르던 차에 문득 플래카드를 매단 은행나무에서 옥상을 향해 비죽 튀어나온 가지 하나가 보였다. 저 나뭇가지에 올라서면 쉽게 메달을 잡을 텐데. 범기는 옥상과 나뭇가지 사이의 거리를 어림으로 계산했다. 1미터가 조금 넘어 보였다. 멀리뛰기 할 때 2미터 가까이 뛰니 충분히 가능하지 않을까 싶었다.

채 술기운이 가시지 않은 범기는 옥상 난간에서 나뭇가지 사이는 계산했지만 나뭇가지와 지상의 거리는 미처 생각지 못했다. 그렇게 범기는 메달 하나를 찾기 위해, 지난 오 년이라는 시간의 의미를 찾기 위해 훌쩍 뛰었다.

병원을 찾아온 사람들은 옆 빌라의 재건축에 쓰고 남은 모래 더

미에 떨어진 범기의 손을 잡으며 하늘이 도왔다고 말했다. 그리고 병원을 나가기 전 범기의 귀에 대고 한마디씩 물었다. 도대체 왜 뛰어내렸느냐고.

공재섭 선생님은 대놓고 물어보기도 했다.

"도대체 왜 투신한 거야? 너도 뭐 대통령 급으로 사건 한번 일으켜 보고 싶었냐?"

주완 선배는 미안하다며 찾아왔다.

"나 때문에 그런 거 아니지? 발 헛디뎌서 추락한 거 맞지?"

예슬은 알쏭달쏭한 말을 했다.

"그 문자는 없던 걸로 해. 그리고 네가 무슨 슈퍼맨인 줄 아니?"

범기는 그 모든 말들에 아니라고 고갤 저었다.

아무도 믿지 않겠지만 옥상의 난간을 벗어난 그 순간 범기는 하늘을 향해 떠올랐다. 한결 차가워진 바람을 느끼고 초저녁 이르게 뜬 별을 보면서, 혹시 겨드랑이에서 날개가 솟아난 건 아닐까 하는 맹랑한 착각 속에서, 사랑하는 예슬의 얼굴을 떠올리며 날고 있었다. 그래서 쿵 하고 모래 더미에 떨어진 순간에도 웃을 수 있었다.

우리 집 거실 창으로는 건물 뒤편의 어린이 놀이터가 보인다. 몇 해 전 가을, 열린 창으로 작은 소리가 스며들었다. 늦은 밤에 흐느끼는 소리라니? 거실 창으로 내려다보니 교복 입은 여학생 한 명이 놀이터 벤치에서 펑펑 울고 있었다. 무슨 일이 있기에 자정이 다 된 시간에 혼자 울고 있는 걸까? 나도 아이를 키우는 입장이라 걱정이 돼서 내려가 봐야 하나 망설여졌다. 그러다 내려가진 않고 집 안에서 여학생을 지켜보기로 마음을 바꿨다. 혹시 나쁜 사람이 접근하면 그때 뛰어 내려갈 생각에 트레이닝 복으로 갈아입은 채 의자를 거실 창문에 바짝 붙여 놓고 앉았다. 남의 눈치 보지 않고 실컷 우는 것도 아픈 상처를 치료하는 좋은 방법이라 믿었기에 그저 여학생의 눈물이 그치기를 기다렸다.

　그러다 문득 여학생의 모습이 낯설지 않다는 생각이 들었다. 동네에서 오다가다 만난 아이였나? 하지만 딱히 그런 것 같지도 않았다. 분명 저렇게 울고 있는 아이를 본 적이 있었다. 누구지, 언제였더라 기억을 되살리려 애를 쓰다가 깨달았다. 오래전 나도 교정에 앉아 펑펑 울었던 적이 있음을.

　그때의 난 놀이터에 있는 여학생과 같은 고등학생이었다. 그 기억이 떠오르자 마치 영화에서 시공간이 전환될 때처럼, 어두컴컴한 밤하늘과 엉덩이가 시릴 정도로 차가웠던 벤치의 느낌이 고스란히 되살아났다.

　아마도 모의고사 성적이 나온 날이었던 것 같다. 형편없이 떨어진 성적은 나에게 놀라움을 넘어 공포심까지 주었다. 그때 나는 어리석게도 대학을 못 가면 미래는 꿈도 꿀 수 없는 것이라 믿었다. 그렇게 한참을 울고 난 뒤 집으로 가려다 무슨 생각으로 그랬는지 학교 앞 분식집으로 불쑥 들어갔다. 퉁퉁 부은 눈 때문인지 가게 문을 닫으려던 주인아저씨는 불평 한마디 없이 떡볶이를 만들어주셨다. 그때 먹은 떡볶이는 왜 그리 맛있던지. 그리고 허겁지겁 먹고 있던 나에게 툭 던진 아저씨의 한마디.

　"골치 아프게 생각할 거 없어. 그냥 하루하루 열심히 살다 보면 뭔 수가 나겠지."

배운 것도 없이 시골에서 올라와 맨주먹으로 시작했다는 아저씨의 통쾌한 서울 정복기는 나에게도 묘한 감동을 주었다. 하루하루 열심히, 그리고 신나게 살다 보면 무슨 수가 날 거라는 주문을 외우며 살았으니까.

놀이터에서 울던 여학생은 그렇게 앉아 있다가 떠났다. 그 여학생이 말갛게 갠 얼굴로 갔는지, 더 풀이 죽어 갔는지는 알 수 없었다. 다만 오래전 분식집 아저씨가 내게 해 줬던 것처럼 그 뒷모습에 파이팅을 보내 주었다.

그리고 며칠 뒤 신기하게도 청소년소설을 써 달라는 청탁을 받았고, 한밤중에 놀이터 벤치에 앉아 있던 여학생의 모습은 「열여덟 살, 그 겨울」(『살리에르, 웃다』, 푸른책들 2008)이라는 작품으로 탄생할 수 있었다.(이 책에는 '좀도둑과 목격자'라는 제목으로 바꾸어 실었다.) 그리고 하나의 단편으로 끝날 뻔했던 글은 또 다른 친구들의 이야기로 확장되며 한 권의 책으로 탄생하게 되었다.

돌아보니 글을 쓰면서 신세 진 사람들이 참 많다. 어수룩한 인간을 보듬으며 사랑해 준 가족과 친구들 그리고 선생님들에게 이 책이 작은 보답이 되었으면 좋겠다. 또 원고를 고치는 오랜 시간 묵묵히 기다려 준 창비 편집부에도 감사의 마음을 전한다.

마지막으로 청소년 독자들에게 말해 주고 싶다. 먼 미래가 아득

하고 암담하다면 눈길을 돌려 지금으로부터 출발하라고, 지금을
즐기다 보면 무슨 수가 생길 거라고.

　나는 기억 속의 누군가처럼 그저 아이들에게 주문을 외워 줄 뿐
이다. 부디 행복하기를…….

긴 장마 사이 활짝 갠 날에,

정은숙

창비청소년문학 38

정범기 추락 사건

초판 1쇄 발행 • 2011년 7월 15일
초판 10쇄 발행 • 2022년 2월 16일

지은이 • 정은숙
펴낸이 • 강일우
책임편집 • 윤자영
펴낸곳 • (주)창비
등록 • 1986년 8월 5일 제85호
주소 • 10881 경기도 파주시 회동길 184
전화 • 031-955-3333
팩시밀리 • 영업 031-955-3399 편집 031-955-3400
홈페이지 • www.changbi.com
전자우편 • ya@changbi.com

ⓒ 정은숙 2011
ISBN 978-89-364-5638-2 43810